冰心散文奖

获奖作家散文自选集

故乡的深处

李喜林 著

组　　稿：中国散文学会

总 主 编：周 明　红 孩

执行主编：凌　翔

北京燕山出版社

图书在版编目（CIP）数据

故乡的深处 / 李喜林著. -- 北京 : 北京燕山出版
社, 2024.1
ISBN 978-7-5402-6427-7

Ⅰ.①故… Ⅱ.①李… Ⅲ.①散文集 – 中国 – 当代
Ⅳ.①I267

中国国家版本馆 CIP 数据核字（2023）第 257381 号

故乡的深处

GUXIANGDESHENCHU

著　　者：李喜林
责任编辑：杨春光
装帧设计：邓小林
出版发行：北京燕山出版社有限公司
社　　址：北京市西城区琉璃厂西街 20 号
邮　　编：100052
电话传真：86-10-65240430（总编室）
印　　刷：北京军迪印刷有限责任公司
开　　本：710mm×1000mm　　1/16
字　　数：200 千字
印　　张：13
版　　次：2024 年 1 月第 1 版
印　　次：2024 年 1 月第 1 次印刷
ISBN 978-7-5402-6427-7
定　　价：55.00 元

目 录

第一辑

嘉陵江流进血管

嘉陵江流进血管

我想，在这个世界上，不管有多少条河流让我心仪和欣赏，但只有一条河流与我的生命和血脉息息相关，那就是嘉陵江。

嘉陵江从秦岭发源，条条溪流，不断在相互汇聚，一路南下，过凤县、两当、徽县、汉中、广元，一直流到重庆与长江汇合，千万年以来，这条江日日夜夜歌唱着，一头在秦岭，另一头在长江。

这条江也在我的内心歌唱，仿佛一部宏大而悠长的交响乐，千回百转，雄浑庄严，演奏着来自天空、大地、高山和岁月的歌。

我常常透过日月的碎片，在时光流逝的某一刻，或者在梦中让灵魂以光的速度去穿越，我会进入一个时间段，在时间记忆里恢复那些存在着的镜像。我看见十六岁的娘，正一步一步蹒跚着从江边走来，灵官峡巨大而坚硬的崖石依偎着娘疲惫的身子，早晨的岚雾轻抚着娘乌黑的秀发。鸟儿在鸣啼，落在娘的肩头上。娘扬起她那鲜花一样的脸庞去看天空，正好迎接了早晨第一道金色的阳光。娘的疲惫顿时消解了一大半。娘不知道这个地方是凤县，只感觉这个地方给了她力量。

娘是在半月前从阳平关某一大户人家逃出来的。娘天生丽质，十四岁那年就出息得水灵灵的，在阳平关方圆有了名声。娘上坡打柴，或去嘉陵江饮牛，常惹得后生们呆望。有一次娘在坡上扯黄豆，被坐轿路过的马财主瞅见了。一个月后，娘就成了他的童养小妾。马家财大势壮，舅家人惹不起。

娘当小妾自然遭罪。马财主是个生意人，常常在外趸货。大老婆把娘当佣人而已，对娘是横挑鼻子竖挑眼，让娘挑水洗衣做饭喂牲口倒便盆吃剩饭，让娘为她捶背挠痒。稍稍不慎，就用手掐娘的胳膊，还让小娘两岁的儿子用放牛鞭打娘的脸……娘跑回家向外婆哭诉，一家人只能陪着哭，末了还得催娘快回马家。在马家受了两年罪，到十六岁那年将要开脸的前半月，娘终于借着月光，逃出了这个魔窟。

娘没敢回娘家，而是沿着嘉陵江一直北逃。那时候还没有宝成铁路，也不能走大路，娘只能翻山梁、越峭岩，在听猫头鹰哭嗖和野狼的怪叫声中逃命。白天还要避开山民的视线，生怕被马家闻讯抓回。当时娘只有一个念头，就是逃得远远的，找个好人家落脚。

娘在嘉陵江畔洗了脸，喝了几口清甜的水，沿江继续行走，过双石铺，到凤州时已经是午饭时分，娘饿得眼发花，在一个饭摊没有来得及讨饭就昏过去了。等娘醒来，已躺在一辆马拉车上，也不知过了几个驿站。车上坐着一位络腮胡子的中年人（娘后来才知道，其实是人贩子），正吸着大烟过瘾，对娘挺友善，给娘吃给娘喝，说要给娘找个好人家，又说凤县是一个好地方，肯定与娘有缘分。娘相信了他的话，说越远越好。人贩子碰上白捡的生意，一高兴就顺了娘的心意，又走了一天，到傍晚时已到了关中的凤翔塬上。车夫说不能再走，马就像从水里捞出的一样了。人贩子说就在这儿吧，这是天意，随后就寻找过夜之处。那夜很黑很黑，人贩子领着娘随意走到我们村子。别家的院子都黑漆漆的，只有我家的草屋窗口亮着灯光。爹一个人正在屋里搓绳子。那时我爷爷已过世几年，伯伯被抓丁吃粮去了，姑被人贩子拐卖到麟游，爹快三十了还打着光棍。娘和人贩子的到来，让叹息声声的爹又惊又喜。娘一眼就看中了爹的忠厚、壮实、勤劳。次日人贩子拿了钱走了。爹请人做媒，借别家的箱柜和镜子与娘成了亲。

凤县从此成了一个情结，娘每次回娘家经过凤县总要在这里逗留，或者从车窗投去凝视的目光，娘的命运在这里发生转机，也就有了爹的幸福和我们兄妹四人的降生。

我很小的时候，娘常给我讲董永和七仙女的故事，讲的是另一个民间的版本，七仙女的美丽善良几乎形成我童年时对爱情的认知，后来我发现娘讲的故事背景就在嘉陵江畔，似乎在紫柏山又似乎在灵官峡。毫无疑问，我的爱情地理从此形成。

我曾经从凤县沿嘉陵江走过抵达广元的所有站口和附近的山和人家，一个原因是重走娘当年走过的路，另一个原因是寻爱。多少年过去了，我仍然在梦境中同青春地段的另一个我相逢。我看见曾经的那个无忧无虑狂傲不羁的傻小子，脖子和后背插一把笛子，手里拿着口琴，领着女朋友在嘉陵江畔的阳光中和月光中沉醉。直到现在，我看见嘉陵江，内心就激荡，血管里的血液就奔腾。每次去凤县，我的目光就发烫。在江边，在山上，在街道，走动着我这个充满深情的人。嘉陵江因为娘的情感将我融合，更因为我生命中的爱的季节让我魂牵梦绕，让我爱得博大。我是一个爱的歌者，心里装着强大的爱的能量，而这些，很多是嘉陵江给予我的，还有凤县，这个美轮美奂的所在，同我的血脉息息相关。

说 爹

假如有人问我，在所有的人当中你最爱谁，我会说最爱老爹。

爹的确很老了，已经过了七十古来稀的年龄，虽说耳不背眼不花，干活能顶我两个，但岁月给他的脸上雕上了一道道沟壑，头顶已成"不毛之地"。

有时候想想挺奇怪，爹那些年揍我、骂我的次数最多，那些挨揍的经历倒成了我最有趣的回忆。

爹教训我的形式多种多样，耳光子左右开弓，挺像鬼子队长山田教训部下，我只差双脚并拢，爹只差喊声巴格呀噜；再就是两手拧住我耳朵，像提小猪娃似的，爹咬牙切齿，一副深仇大恨状，我则像芭蕾舞演员踮起脚尖，以减少耳朵的疼痛；其次就是爹按倒我，脱下鞋子扇我的屁股，肿胀的屁股蛋用指头压上去就是一个坑。这些挨揍原因大都是因为我用弹弓打死自家鸡娃，或者不吃饭在涝池耍水，或者上树磨烂裤裆，或者玩十点半赌分分钱。到上三四年级时，我的劣迹已经升级，打架斗殴，用自造的洋火枪在熟睡的伙伴身上试枪的威力，钻在玉米秆簌里烤红薯酿成小火灾，烧卷我的头发和眉毛。爹的惩罚形式也水涨船高，改用棒子、皮绳，将我吊在屋梁上，我则是煮不烂的生牛皮，任凭娘和妹妹向爹替我求情，我不求饶，他也不罢手。有一次爹气哭了，竟扑上来咬住了我的耳朵。没有见过爹哭，吓慌了的我赶紧向爹低头认错。

那时爹的身体很健壮，走路踩得地皮都在动，手一扬能将两块土坯扔到垒房背墙的架子上，能一人将几百斤硬柴从北山里的五曲湾拉回来，或者从麟游花花庙挑二百斤粮食步行几百里回家养活我们。那时爹好像跟娘总有说不完的话，我总是忘了爹白天揍我，挨着爹热乎乎的脊背睡下，一觉醒来，仍听爹和娘在说话。

娘病逝后，爹好像变了一个人似的，看我的目光里有了温存。爹揍我的历史也随之结束了。他在我睡下后，一边用粗针脚补缀我的衣裤，眼里一边流着泪水。那眼泪滴在我的手上、脸上。我一翻身，他慌忙将头转向一边。我在梦中喊着娘哭醒，他慌忙用手掌摸我的额头，光身子起来上楼去给我捏几个软柿子吃。我从学校回家，见不到爹就像丢了魂般在左邻右舍找。爹当饲养员那几年，我几乎夜夜都给爹挠痒，爹总是说："崽娃子，看你瘦得像蚂蚱。"

想想时光真快，二十多年一晃就过去了。我已娶妻生子。儿子也像当年的我，全然记不起揍他的仇恨，再揍也要当我的跟屁虫，夜里可爱地搂着我睡觉。我便对爹的爱里又多了份理解，品味出"父揍子不羞，亲不见怪"的意味。

想想时光真无情，为啥不让爹不老，永远像年轻时那样健壮。可爹还是老了，让我看着心酸。唯一不老的是爹对我的亲情。我常年在外，每次回家，爹总是像逢上了节日，跟着我转圈子，有说不完的话，老希望我多待几天。夜里我睡在他背后，像儿时为他挠痒。他总是叮咛我城市车多，出门要小心，仿佛我还是个孩子。家乡的夜很静很静，万籁俱寂，爹的旱烟锅头明灭着，我有一句没一句应诺着爹的话语，渐渐地变成爹跟自己对话。我便明白爹在追忆母亲活着的时光，母亲曾多次在这样的夜里和爹絮语。窗外的夜缓缓流过，我于是轻轻地抚摩爹的嶙峋的脊背，眼前闪出艳阳天的打麦场，爹曾疙里疙瘩黝黑的身子。在这样的时候，我总奢望着将我的时光分给爹一部分，总盼望夜晚绵长不断。

老爹实际上是平凡不过的一个人，既没有干过轰轰烈烈的大事，也没有给我们留下万贯家产，仅识男女两字，还是在扫盲班上学来的。但这些并不重要，他生我抚养我的恩德，让我来生也偿还不了。从他身上潜移默化传给我的任劳任怨、乐观向上、勤劳奋斗的精神，更是我的宝贵财富！而事实上这种亲情是无价的，也是无私的！常看到有人当了官有了钱嫌自己的爹不是脸面，或给人说那是他的邻居，或干脆不认他，还常听到有人虐待爹娘。奉劝这些人珍惜这份亲情，爱自己的爹娘吧。

悠悠石磨声

月亮升起来了，村巷迷离似梦，我的影子拖得瘦长，摸一摸栽立的碌碡，上面还留有余温。我站在上面，黑蛋家的大黑狗摇着尾巴跑来了，我没有高粱面馍抛起让它蹦着叼，家里人正在磨场推磨。

悠悠的，那石磨声透过月晕飘过来，细听像爹喝玉米糊糊的呼噜声，又像飞机由远到近的轰鸣，空气中依稀飘过来高粱面散发的香味。我的胃抽动了一下，口水从嘴角流下。

磨场子在露天，三面靠墙。爹为了省油没有点灯，借着月光磨面。两扇厚厚的磨扇，下面那一扇是不动的，连着圆形的磨盘，上面的那扇侧面有一孔石臼，插一根长长的磨棍，爹、二哥和我，三人六只手攥住磨棍。爹的身材比二哥高一头，二哥比我高一头。爹靠近磨子，那是最用力的位置。爹走一小圈，我走一大圈，石磨不急不慢地转动着，将我们父子的身影一次又一次从磨道摇曳在土墙上。

娘在旁边箩面，一个大笸箩，里面支二根光溜溜的木条，上面架着细竹箩。娘用手将箩一推一拉，哐噹哐噹，间或手指优柔地弹动，声音极有韵致。

二哥撑不住，借上厕所溜了。我跟着爹一圈又一圈转着，爹依然不慌不忙，呼吸声均匀又平静，一边走还一边跟娘说话逗乐。我一次又一次地提意见，说二哥躲奸溜滑。爹推着磨子边转边用手摸我的头，说不给二哥吃高粱饼。我最后就不再吭声，帮着爹一圈又一圈地推磨子，一圈又一圈数数儿，到最后也将自己弄糊涂了，忘了数，迷迷糊糊跟着爹走。我感觉自己的双脚在棉花团上，胃里像有一只手在抓挠，口里汪出酸水，走着走着，就什么也不知道了。

我醒来的时候是在磨道，爹停下推磨，见我已睡着了，还抓着磨棍在转圈，将我抱在旁边的石头上，脱下褂子披在我的身上。我醒了，饥饿的感觉也立即苏醒。对爹说："爹，我要吃馍！"爹吱喽吱喽吸了几口旱烟锅，用粗糙的手摸摸我的肚子说："面磨好就让你娘给娃烙馍，把这小鼓鼓胀满。"那一夜二哥不敢回家，在打麦场的麦秸堆里睡到天亮。

以后的日子像推磨，一年又一年，一天又一天。依旧是露天磨场，依旧是月色迷离间或亮着煤油灯的黑夜，但娘永远地离开了亲人。少了娘的箩面声，取而代之的是小妹不太老练的箩面身姿。爹不再大声地说笑话，喘息声与石磨声一天比一天沉重。爹不再打二哥，不再骂我，看我们的目光里还有了温存。有时候我和妹妹深夜醒来叫娘，但见在一盏昏黄的油灯下，爹沟壑般的脸上老泪纵横。

再后来，我们都一个个地长大了，爹越来越老了。电灯代替了煤油灯，电磨子代替了石磨。磨场那块天地，被岁月的风尘掩上了厚厚的积灰，成了鸡狗猪的乐园，被人们渐渐地遗忘了。只是爹还去那里，一次又一次清扫磨台和磨道，妹妹多次劝说爹别再去扫了。我理解爹，他是在追忆和娘一起的时光。再后来，磨扇被村人拆走了，只留下空空的磨台和冷清的磨道。不久那里被划入了宅基地。

从此磨场子失去了踪迹，只是留在了我们的记忆里。

那一年深秋，我从宝鸡回家，夜里跟爹睡在土炕。爹像我每次回家一样，似乎跟我有说不完的话，直到鸡叫几遍，还在跟我说话，我给爹一边挠痒，一边应答，渐渐地，我思绪沉下去，变成爹自己跟自己说话。屋子里光线斑驳迷离，突然爹叫醒我，目光里闪着亮光，他侧着头对我说："娃，你听，谁在打磨！"我洗耳谛听，确实听到了石磨声，似乎还伴随着微微的风声。我正在纳闷，那声音已经愈来愈大，原来是天空的飞机声。我对爹说，那是飞机声。爹不再说话，显然仍在细听。又不知过了多长时间，飞机早没有了声息。我却没了一丝睡意，一直到天亮，耳畔一直回响着那悠悠的石磨声……

娘走的那年冬天

那年冬天，娘走了，我成了夜晚的一个游魂。我感觉我对夜晚的依恋竟然超过了对白天的许多倍。夜晚仿佛一面大湖或像一个神奇的梦境，让我的心思自由地遨游和生长。我躺在娘在世时睡觉的土炕上，每次听见妹妹和陪伴她的姐妹在另一间土屋发出甜甜的酣睡声，我悄悄地拉开留有几个弹孔的老式木门，顺利地完成从屋子向夜晚的游弋。每次我蹑手蹑脚，像猫用爪子踩雪般轻盈地来到自己家敞院子前面的那棵火晶柿子树跟前，身子总会先靠上去，平静我狂热的心跳。然后，我左右扫视，确定庄子的街巷没有一个人，我就撒开腿向雍河畔飞奔，而引领我行动不断加速的是娘的眼睛，还有那孔窑洞里兔子的红眼睛、红鸟的啼叫以及松鼠滴溜溜的眼睛。以前我夜游的目的地是娘的坟地，那里是我们庄子多年来种植苜蓿的地方。娘的坟地孤零零的，周围连一个作伴的坟冢都没有，我想娘是多么孤独，很多次我在夜深人静时就去娘的坟地去陪伴娘。我坐在娘的坟堆上自说自话，讲述学校和家里的事情，我一直等待娘有回应，我坚信娘一定听得到。娘在离世前，给我说过，她要去另一个地方了。我让娘带上我，娘紧紧搂着我，泪水落在我的眼睛里。娘说，你还小，去不了。我问娘，我什么时候才能去。娘身子剧烈地战栗了一下说，你永远就不要去了。我就哭了，我很委屈。我说我就要跟着娘，娘到哪我就跟到哪，要不娘哪里也不要去。

但娘还是走了。那个隆冬的一个凌晨，我一觉醒来，娘没有像平常那样转过身来给我拉严被子，她静静地望着玉米秆搭就的楼棚，气若游丝。我拿娘多年用来梳头时照的镜子放在娘嘴边，也没有见镜面上有雾状。我忙叫娘，娘"嗯"了一声，声音纤细得像一根绣花针落地。我紧紧抓住娘的手，娘没有反应，只有两只依然睁大的眼睛冒出两团大颗泪水，溢出眼眶，一部分突破过娘浓密睫毛的封锁流淌到娘的鼻子根，另一部分沿着娘的眼角流淌到娘的耳朵根。我叫着娘啊娘啊，你不要走，你等等我，我和你一起走。你答应我的，你和我勾过手的，你怎么说话不算数，你说话呀。娘就是不说话，任泪水肆意流淌。

娘就这样淌了两天泪水，等汉中阳平关和陇南娘家的舅舅们到来后，终于不再落泪。两天两夜里，我睡在娘的身边也在不停流泪，任谁拉我我死也不离开娘，我想娘正在慢慢地走，我紧紧抱住她，她就走不了，即使走，也要带上我走的。我曾经问过家门婶子，人走后到哪里去了，婶子说去天堂了。我问天堂是什么地方。婶子说是一个非常美好的地方。娘走了，我想娘是泪流尽后才走的，我在那两天里也将泪几乎流尽了，好长时间不再从眼睛流泪，泪水开始在心里流，感觉是盐水浸心。娘被安放在一块木板上，我也要跟娘一块在木板上睡，立即挨了爹的一个大巴掌。家门人叽叽咕咕商量了一阵，他们好像很害怕，最后由家门婶子和家门的两个姐姐将我像一条狗拖到婶子家。我不停号叫，闹着要跟娘一起去天堂，咬破了婶子和两个姐姐的胳膊和手。最后，我被关在婶子家的厨房，到半夜时候，我没有了一丝力气才被放出来。婶子打开厨房门，一把将我搂在怀里，一声哭下去竟缓不过气来，急得两个姐姐哭成一团。婶子缓过劲，将我的头埋在她的胸口，说乖娃你不敢再闹了，你娘给我托梦了，你爹打了你，你娘心疼得不得了，让我好好照看你，你再闹，你娘还咋走，还咋过奈何桥。我央求婶子，让我跟娘一起走，一起去天堂，娘一个人太孤独，让我陪娘啊。婶子就又哭，说我的瓜娃啊。婶子将我领到家里时，娘已经不在木板上了，我叫着寻娘，婶子一把捂住我的嘴，悄悄在我耳边说，娘已经入殓了，装在那口棺材里了。我用力挣脱婶子，叫着要打开棺材，我要娘，我要跟娘在一起。我闹的结果是我被重新像一条狗一样拖到婶子家，先由两个姐姐和婶子控制住，很快家门的"角子"老嫂子就来给我"叫魂"了。老嫂子又是尖叫，又是浑身筛糠般颤抖，嘴里的诵经词一段又一段，伴着我的尖叫，直闹腾到天快亮，我昏昏沉沉人事不省。到天亮时醒过来，见婶子家没有一个人了，我发疯似的跑回家，装娘的棺材已经不见了。我一声娘没有叫出，就腾云驾雾般向庄子南那片苜蓿地飞跃。我是循着娘的气息飞跃的，我感觉娘的气息跟空气中悬浮的浓重水汽冻结成冰状小颗粒，将我的脸击打得麻木了，直到娘的土坟前，我用尽全身气力喊出"娘啊"，就什么都不知道了。

娘走了，娘的气息还在土屋子里，在娘睡过的土炕的席篾间，在油光发亮的木炕边，娘用过的缸子，娘摸过的地方，都依然留着娘的气息。我睡在娘一直睡的地方，夜深人静一直等娘，似乎娘没有走，娘是出远门了，像每次娘去舅家后我等待的情形一样。为此，爹和家门婶子曾多次劝我不要再在这个屋子睡了，让我和妹妹睡在另一间土屋里，或者让我和婶子一块睡，或者去睡在爹的饲养室里。我死也不从，每次拿逃跑迫使家人就范。爹为此用他那没有后跟的布鞋打肿我屁股。我跑了两天，在娘的坟前哭诉。后来听爹说，次日晚上，为寻找我身心交瘁的爹梦见了娘，娘很生气，让爹以后别再打我，赶紧从坟上将我领回去。爹和家门婶子们失急慌忙跑到娘的坟上，将饿得已经走不动的我背回家，再也不敢逼我了。

发现娘的气息暗淡是在娘走的一年后，我感觉娘的气息在屋子里突然若有若无，后来像光影偶尔闪烁。我慌了，白天晚上几乎不开门，用牛皮纸将窗子严严实实糊上，但我发现娘的气息还在走，甚至连娘的面容也在我眼前恍若隔世。

屋子里没有了娘的气息。娘的坟地绿草萋萋，弥漫着浓郁的青草味。娘走得太远太远了，一天又一天，一月又一月，一年又一年，娘向天边走去，仿佛我的心跳就是娘的脚步。

温暖的记忆

在我的家乡彪角镇，有一条公路，叫彪南路。这条路以彪角镇中学对面的街道为起点，向北延伸五公里，经过好几个村庄，就到了南光耀村子的地界，与凤翔通往岐山的国道连接。应该说，这是一条通往凤翔县城的主要道路。

从我记事起，这条路就已经存在着，它弯弯曲曲，路面坑坑洼洼，常见有推独轮车的男人或女人，两胳膊和双腿与独轮车形成一个活动着的"大"字，十分艰难地蠕动在这条路上，身影渐渐远去，留下不绝于耳的喘气声和吱吱呀呀的木轮摩擦声。我也常看见背背篓的老人，身子弯成一张弓，走过我跟前，背篓前后左右摇摆，像陀螺。有时候，我也偶尔看见有拉架子车的，从我面前一路小跑而过。那时候，很少见有汽车来往，几天见到一辆，基本是老嘎斯，惊天动地开过来，搅起一阵大风，将我吹一个趔趄，我很快就被笼罩进遮天蔽日的黄尘之中，接下来，我的嘴里、鼻子里就满是生涩的土味道了。

这是 20 世纪 70 年代的记忆，那时我刚上小学，常常踏着这条路到雍河去玩耍，在河里捞鱼。而雍河是我们彪角境内仅存的一条河，也是古时的一条皇家河，河床很宽阔，南岸与北岸形成近一里地的谷地，自然成两道陡峭的大坡，且弯曲成羊的肠子，就是河床上面建的桥，也是简陋而低矮的。有一次，我和伙伴在雍河游泳，赤条条爬到岸上在太阳烤得烫热的土路上打完滚，仔细地看这条路由雍河南岸大坡到桥再到北岸坡头，最后到我看不见的地方。我问比我大的一个伙伴，这条路有多长，伙伴只说远得很，跟天一样远。回家后问爹，爹说有 10 多里，直通到北大路。我说，那样远几时才能走到，爹说他挑 100 多斤担子吃三锅烟就到了。爹说的吃三锅烟，不是在行进中吃烟，而是在中途的歇息中。爹说，第一遍吃烟是在雍河南岸的坡头，第二遍吃烟是在雍河北岸的坡头，第三遍吃烟是在上南光耀大坡时。我问爹，这条路啥时修的，爹说不是修的，是人用脚踏出来的，并说他从记事起，就有这条路了。爹说他曾经问过爷爷，爷爷说以前就有了。我没有见过爷爷，寻思这条路，心想是不是爷爷也问过他的爹，他的爹也不知道啥时就有这条路了。

那时候，我行动的范围从来在村子与镇子、雍河及逢年过节时相距一二里地的邻村，足迹没有走出这个天地。虽然，我两三岁时去过阳平关舅家和陇南的舅家，但因为年幼，几乎没有多少明晰的记忆。所以，在我看来这条路似乎就是天底下最长的一条路了。每逢腊月天，我看见爹借来我们村子仅有的两辆架子车的其中一辆，带着哥走上这条路。爹和哥去姚家沟的苟家岭割柴去了。爹让哥坐在架子车里，让我羡慕和向往，就缠着爹要去。爹蹲下来，用粗糙的大手摸着我的头说，崽娃子，听话，爹回来时给你带酸枣。爹和哥走了，同去的还有金蛋的哥，我在后面一直尾随到雍河边，见爹和他们已经快到北岸的坡头上了，我委屈地暗自流泪。金蛋从后面赶过来，用胳膊揽住我的头，像大人一样说，不要紧，伙计，我带你去南光耀、北大路，我上次接柴时已经去过了，这一次，我带上你一块去。

接柴应该是第三天的事情，听金蛋说，头天爹和他哥走路，晚上才能到北山苟家岭，第二天在山上割一天柴，第三天天不亮就装好柴回返。所以我们去接柴的时间应该是第三天下午，要早早赶到南光耀村子后面的北大路口。到第三天吃过午饭，金蛋跟我缠着队长和饲养员好说歹说借了两头牛，欢呼着将牛赶上这条路。走了 10 多步，金蛋说骑着牛走，他找了一个路边的塄坎骑上牛背，我依次仿效，也骑上我牵的这头牛背，感觉一下子高了许多，既兴奋又担心摔下去。走了一段路才慢慢习惯。快到雍河的时候，金蛋的牛慢一些，渐渐落在我的牛后。他说，过河了，快下来。我刚准备下，牛就刨开蹄子跑起来，在陡峭的雍河南岸半坡将我摔下来，一阵风似的奔跑到河边就下了水，尾巴像鞭子一样举起来。紧接着，金蛋的牛也跑过我的身边，一溜烟奔到河边下了水，老远就听到牛波兹波兹的喝水声。但金蛋早有这方面经验，他提前从牛背上下来。我们赶到河边，牛喝过清水，已经上到河岸，满足地摆着缰绳。

我们继续赶路，金蛋让我骑牛，我说不敢了。金蛋说，到南光耀这段路没有河了，牛不会再跑的。我们重新骑在牛背上，上雍河北坡的时候，我感觉离地面越来越近，牛脊背上开始发热发汗，坡太陡了，我和金蛋都从牛背上溜下来，跟着牛走，到坡头感觉心仿佛要从胸腔跳出来似的。金蛋说，歇一阵子吧，我给金蛋说，我参说他挑着担子走这条路，常常在这里歇脚吃烟，一定在跟前这个窑洞里面抽吧。我们起身去窑洞口看了看，果然见有烟灰和未燃尽的烟末儿。我们接着走，路开始像蛇一样弯曲，经过村巷时，金蛋告诉我，这个村子叫李家堡，跟咱们是一个祖先，祖祖辈辈不通婚的。路过一家门口，出来一个妇女，头上包着灰帕子，看见金蛋，亲热地叫一声，李家塬娃，接柴去还早些，下来喝些水。金蛋让我也下来，去她家的窑洞里喝水，金蛋说，上一次接柴他跟哥一起去这家喝过水。那妇女问我是谁家的孩子，金蛋说了我参的名字，那女人立即哦了一声，显然她也认识我参。然后，我们骑着牛继续走，金蛋告诉我前面那个村子叫南务村，也是蛇一样的弯曲路，一直弯进村子里。路过一个转弯，有一家正在磨面，两个像我一样大的孩子抱着光溜溜的磨棍在磨道转圈子，孩子的妈在旁边的大筐篮里箩面，粮食的喷香味散发着，两头牛在这里立下不动了，我们只好下来拉着牛走。出了南务村，只看见一片灰突突田野，空旷着，隐约看见有炊烟。我问金蛋，前面怎么看不见庄村，南光耀在那儿。金蛋说，这段路很长，走几里路才能看见一些树头，南光耀村在一条大沟里。我说那肯定有大坡，金蛋说我说对了，那两面坡也很长。不知走了多长时间，终于到了南光耀村，果然坡很大，跟金蛋说的一样。过了这个村子，我们继续向北走，远远地看见一条冰面长长的自西向东延伸，我惊异地说，那么长的冰，过冰桥一定很好玩。金蛋笑着告诉我，那里就是北大路，路是用沙石铺的，汽车，马拉车将路磨得闪闪发光，远远看去像冰面，他第一次接柴也以为那是冰面，惹得他哥和同伙都笑了。

傍晚时，我和金蛋才等到爹和哥哥们，柴装得很多，远远看去像两座山缓缓游动。爹和哥将柴拉到这条路上时，浑身散发着白白的热气，头上脸上的汗流蜿蜒成蚯蚓般的水道道。爹放下车，一把抱住我，就从腰带下面的袄子里掏出已经干瘪的酸枣，说，我娃劳累了，你还小，不该走这么难走的路。我一边用手擦着爹脸上的汗水，将第一棵酸枣塞进爹的嘴里，心里说，我不累，我骑着牛哩，爹和哥才累哩。回家时，爹坚持要我趴在硬柴垛子上，我坚持要牵挂坡的牛，我知道爹心疼我，我也该心疼爹。深夜回到家，吃过饭睡下，我就开始感觉腿疼屁股疼，爹和哥鼾声如雷，我却睡不着觉，后来才发觉屁股被牛脊背磨破了，在炕上爬了一整夜。我整夜在想，啥时候要是将这条路修成北大路那样好的砂石路，爹去北山拉柴就轻省多了。

如今，这条路早在前些年就修成平展展的柏油路了，前年凤翔县公路系统又投入大量人力物力，将这条路进一步拓宽，打成了水泥路。过去的弯道看不见了，过去的雍河桥成一道连接两岸的大桥，过去的窑洞庄子不见了。只有爹在雍河北坡吃烟的那个窑洞还留下少半截，我好多次开车路过这里停下来，也在这里吃一根烟。我常常感叹，过去那么一段漫长的路途，如今开车几分钟就可以到达。我常常想，爹生前从来没有说过和我当年的同样愿望，他也没有见上新修的这条路，他和他那一代人也像过去的那条路一样，消失在岁月的皱褶里了。去年秋季，我用了一整天时间去找寻过去那条路的遗迹，那一天我更多的是想到爹，想到过去那条路留下的那些温暖的记忆。

江边小路

在凤县嘉陵江边，有一条小路，从迷蒙中伸出，又隐匿在迷蒙之中……

八十年前，这条小路是昏黄色的，它曾经是妈妈的逃亡之路，妈妈不愿再忍受做小妾的命运，毅然寻求一条崭新的生活之路。这条路曾经载着妈妈的无限惆怅，驮着妈妈羸弱的身躯。妈妈告诉我，她的命运曾经如同小路般渺茫，而且伴着嘉陵江烦闷的聒噪和江风的狂嚣……

小路从此就诞生在我的脑际。我多少次想象着它，就仿佛想象一部古老而神秘的历史。

四十年前，妈妈悄然离去了，带走了小路留给她的辛酸。

谁也没有想到，我今天会踏上这条小路。小路的神秘吸引着我这个北方的儿子；小路的庄严，抹去了好多年积郁在我心头的阴影———

清晨，旭日沐浴着这自豪又庄严的小路。路旁的大山、树木以及在林子里飞来飞去的鸟儿都如同在梦幻中。阳光的金线在空中交织成一个个光圈将小路装扮得充满想象力。

尽管，这条小路已经成为古蜀道的一段遗迹，它像一行缄默的文字刻在秦岭大山的腰际，与它相对应的是平坦如砥、巨龙般穿越在山水间的现代公路，以及如诗如画的公路两侧的花草，但小路诗意的存在，让我更加领悟了现代公路的大美。

我看见那些在江边生活的山民踏着小路去开始一天的生活，挺直的腰杆透出自信和自得；那些文质彬彬的后生们戴着珐琅眼镜在小路上散步，仿佛走在一幅秀美的山水画里。猛然间，一声长鸣，啊，一列火车拖着绿色的长尾巴，带来了南国清新的气息……

这天夜里，我坐在小路旁的一块青石上，看着公路边的灯光一直延伸到夜的深处，看着满山遍野的如同繁星的灯光。远处，凤县的县城流光溢彩，音乐喷泉照彻天空，让我有一种海市蜃楼的恍惚感。不知过了有多长时间，来自县城的音乐声，人们的欢呼声渐渐沉浸在宁静安详中，大山仿佛沉入梦境。爱人早已经在我的怀里睡去了，发出甜甜的梦呓。我恍惚觉得这梦呓是小路的，迷离中我听到了轻轻的，轻轻的脚步声。啊，多么熟悉的脚步声，是妈妈的！妈妈，你的魂灵还留在这里吧？！

望着月光下白灿灿的小路，我想，也许我还要沿着这条路继续走下去，也许这条路上还有数不清的坎坷，但我坚信，我永远再不会听到妈妈辛酸的怨艾，永远再不会看到压抑心胸的昏黄色。呈现在我眼前的将是明丽的清新和迷离的魅力，而且我将永远地走下去……

后半夜时分，爱人醒来了。她望望我，又望望小路，惊奇地说：

"真奇怪，我在你眼睛里看到小路！"

"岂止是眼睛里，它还在我的心里。"

我们傍着走，银亮的圆月也跟着我们走，世界也跟着我们走……

第二辑

故乡的深处

静夜思

一

一种声音，已经绝迹几十年。

一种味道，已经久违几十年。

一种夜的感觉，已经迟钝几十年。

但几十年来，不管我在乡村，还是在城市；不管我睡在舒适的土炕，还是睡在五星级宾馆的床榻；不管我吃的是山珍海味，还是出没于如云端般的社会上层。那种声音，那种味道，那种透彻我生命的感觉时不时在我的记忆中苏醒，让我缅怀，让我反刍不尽，且余味悠长，并喂养着我在精神向下的生存环境中对真正生命意义的渴盼。

谛听着那种声音，嗅着那种味道，几十年前的感觉就潮水般袭来。

那时辰大多是深冬凌晨 5 时前的时刻，我同爹爹光身子睡在烙烫烫的饲养室土炕上，没有褥子可以铺，没有绵软的枕头供我们枕，父子俩光着身子溜光席，身上、屁股上不知被如针的席篾刺扎了多少次，已经全然不在乎了。驴和骡子的眼里早黯淡了光影，它们有的习惯站着睡觉，有的习惯别的驴用身子暖热了圈里的一块地方后，挤着去睡觉。麦草的那种略带辛辣的清新味淡下来了，草料的那种略带焦苦的香味和驴粪骡子粪味、驴尿骡子尿的臊气味也淡下来了。只有一种味愈来愈香甜，宛若在静夜的饲养室里开放的罂粟花，让我沉迷的梦里嘴角涎水流成串，也让驴们骡们折磨得一个个精疲力尽，同样在梦里涎水吊成娘纳鞋底子的线。

那是一块用高粱面烙成的饼，被爹压在席子底下，让烙烫的炕面和热燥的麦草加焙带熏，历时弥久，集土炕之精气，麦草之灵气，我和爹的汗香气，成了一种极品的美味。

这美味是属于我的，隆冬季节里，适逢学校假日，爹就叫娘给我在黑老锅里烙一个高粱面圆饼子，比现在人用的蒜碟子大一些，加点盐，用麦草的文火慢慢烤熟。那时候，口粮极缺，柴禾极缺，麦子面只有不多一些，平时储存在不大的瓦缸里，玉米大多换成高粱，为的是多换些高粱。就这样，每到春夏交接时，还免不了断粮。爹和娘很会计划，每年喂一头猪，全凭草和糠喂大，用卖猪的钱去买粮食，但那时不准粮食买卖，爹就星夜出发，从100多里路远的麟游花花庙姑父那里偷偷地去籴粮食，白天不敢走就选在夜里，挑一副担子赶天亮前赶回来。在那时，按说我们家的境况要好一些，爹和二哥共两个劳动力，大哥当了铁路工人。只是因为娘得病多年，久治不愈的气管炎，让娘在很多岁月里的咳嗽声成为她声音的主题，并几乎萦绕着我的童年和少年时代。每到冬季，娘的咳嗽声就成了急板，胸脯一鼓一塌，仿佛是一只年久失修的风箱。为娘的病，爹去秦岭山冰天雪地里割竹子挣钱，一次从陡坡上往下溜竹子捆，捎带连人一起滑雪般飞下，要不是中途被一棵树架住，差点没了命；为了给娘看病，大哥在铁路上拼死拼活挣钱。但这些辛苦钱大多被娘熬进药锅，病却仍然天热轻，天冷重，年复一年，不仅剜不了病根，还殃及肺部，引起肺气肿。贾平凹在文章中曾说，他吃过的中草药能喂大一头牛。我读之有同感，我娘吃过的草草药，何止是喂大一头牛。那年月，常听说有人被活活饿死，听讲的人说是发生在民国十八年的事情，家乡这一带有没有，不得而知。但我听说邻村一位光棍汉沦为要饭的，一次饥饿难耐，恰见一人正拿一块馍香甜地咀嚼，遂上前一把抢过，一边跑，一边咬着吃，被抢了馍的人哪里肯依，没命去追，要饭的眼看被追上，猛然发现路上有一堆冒着热气的牛粪，失急了将馍塞进去，被抢了馍的人见了，不追了，扯开嗓子日娘捣老子骂了好一阵才罢休。要饭的见那人走了，走过去将馍从牛粪堆里取出，在涝池里涮了涮，一阵猛咥，吃得特香甜。

我的美味在炕席底下，在那个年月里有些奢侈。这是爹和娘用来犒劳我的，犒劳我在冬天雪地里的劳作。那年我 10 岁，爹让我在凌晨时去拾粪，追肥那几分自留地，盼来年多打粮食。

这时候，一种声音响起来了，是那种木质与木质相互摩擦发出的声音，先是呻吟、压抑，接着是张扬的咏叹调，悠长夸张，细听还有几分铜号的韵味。不用说，是彪角大队的马拉车队出动了，那声音是马拉车下坡时车夫拉动刮木闸发出的。听爹说，这刮木闸是核桃木做的，坚韧耐磨；家门红脸叔叔则告诉我，用核桃木做成的刮木闸很邪，每当响起来，如果桌子上有颗核桃，会痛得蹦蹦跳。

声音就是起床令，如同我们学校的上课铃声。我一骨碌坐起，见爹的旱烟锅头已冒着猩红的光亮，一明一暗。驴们骡们全齐整整站在石槽边，等着爹给它们拌草料。其实，我在睁开眼睛后的第一感觉就是味觉，是高粱面饼的喷香味。

那年代的冬季常常停电，爹为了省下队上供应给饲养室的火柴，用火镰拼打火石，一串串流萤般的火星点燃爹用左手大拇指压着的火纸。爹吹火纸的嘴和脸孔被映得红亮，用火纸点燃煤油灯。我该起床了。

我的衣服在热炕的另一头被窝暖着，趁着热度，我匆忙穿好，戴上二哥戴过的没有绒毛的酷似秦俑头盔的棉帽，围上围脖，穿上后跟烂了几次，被娘用针线缝上布垫子的袜子，就腾地跳下炕，去穿那双家门姐姐穿过的暖鞋。这当儿，爹已经将那块高粱饼取出来了，照例让我吃了再走，我要给爹掰一半，爹照例坚决不要。可怜的驴儿骡儿，这时几乎气都不喘了，眼睛的亮光齐刷刷聚集过来。

我从麦草堆里提出粪笼，从门背后取出铁锨，揣着高粱饼准备出门。爹正在向槽里撒尿，引起骡子和驴的一阵骚动，争抢着用嘴接尿。爹光着身子，一个大屁响起，算是为我送行。

我打开门，随着被挤出门的亮光，跌进屋外，只觉全身的神经末梢猛一收缩，脸上，额颅上被涝池里刮来的风揭得发疼，鼻子一辣，眼泪就下来了。屋外的世界此时是一个大冰窖，路是硬的，凹凸不平，双脚踩上去像踩在冷得发粘的铁轨上，并透过已显得单薄的棉鞋，很快吸收掉我脚上的热量。我一边走，一边赶紧吃饼，待吃几口，饼就发冷，要是再迟一会儿，饼就变成石头，再吃牙就要辛苦了，还要吞咽满口的冰凌渣。这样的饼子打在人身上连人都受不了。从饲养室门口到我要去拾粪的地点近3里路，我数过要走1646步，我吞吃饼的速度我也用步计算过，是382步。每次吃完饼，我刚好迈上通往目的地的桥，接着的路程是七十年代修建的一条大土渠，沿中间走要经过一条渡槽，等赶到另一座桥，就到了目的地，因为这是马拉车必经之路。

这天夜里，是个阴天，没有月亮和星星，霜气很浓稠，我看不见渠边的杨树枝上白亮亮的霜，脚碰上偶尔才有的枯草，听见的不是枯草窸窣的摇晃声，而是啪啦地断裂声，寒冷让大地上的事物失去了柔韧，变得脆弱。我仰头看天，天黑得像锅底，看大地同样黑得看不见自己的手指。但我在这样的夜里出没惯了，早练就了能在夜里辨别的眼睛。这不，上次夜里被我从桥头一路走一路踢的碎瓦片，我又轻而易举在渠边找到了，我这次要把它踢到渡槽那里的渠边。多年以后，当我读到顾城的诗"黑夜给我一双眼睛，我却用它寻找光明"后很有感触。顾城的诗表现了一种信念，我理解更多的是适应，人对一种非常岁月生存环境的适应，就像饥馑年代，胃有超常功能，也就像缺医少药年代，手脚碰破了，抓把面面土敷上也能消炎。

这时候，又一种声音响起来了，那声音让人感觉缺少金属的穿透力，被黑夜里的霜气杀得少了锐气，传到我跟前的时候已绵软无力，像霜一样落在我头上和衣服上。这是冯家山水库工程连队的起床令。那号手大概昨夜没有睡好，起首的音色就降调，尾音还留了一连串的断音，让我感觉是连续放了好几个响屁。我的破译是：起床了，快起床了，别睡觉了；在工程连队干活的二哥的破译是：催命鬼，催命的鬼，催命的鬼；我的一位同学的破译则是：再睡会，再睡一会，时间还早。不同的是，那位同学是在热被窝里感受后破译的。

一连串的号声刚停歇，东南方的灯光就渐次亮起来，像漆黑的海洋上出现的灯塔，影影绰绰的马拉车在颠簸着，就像航行在黑夜这面大海里的孤舟。我一边走，一边将那块碎瓦片踢到了渡槽那里的渠边。我歇了口气，极力望着正东那座桥头，凭感觉此刻正有一个人，也在向我极力翘望。那个人一定是郁拴狗，在那里真诚地等待我。

二

第一次与郁拴狗遭遇，几乎吓掉我的魂。那次的夜里有冷月寒星，风刮着，发出呜呜的声音，像爹讲的狼学娃娃哭的声音。我正走在距那座桥有几十米的地方，猛然间前方有黑魆魆的影子在晃动。我的头嗡的一声，感觉头发噌地立起来，不由脱口战栗地叫。但对方没有回应，晃晃荡荡似乎向我飘来。我一连叫了几次，最后一次带出了哭腔。那影子依然没有回应。我当时断定，大概是碰见鬼了。听爹讲过各种各样关于鬼的故事，爹说鬼看起来有形，实际是寒气而聚，所以鬼走路、鬼过河都没有声音，是飘着来飘着去，通常穿白衣服的鬼是女鬼，这种鬼大多是生前上吊而死，吐着长长的红舌头，称为"吊死鬼"。八成我是碰见男鬼了。我转身就往回没命地跑，但奇怪的是怎么也跑不动，就像在梦中被野狼追赶，全身酥软，双脚像踩在棉花上，连粪笼和铁锨是怎么摔掉的，也顾不得了。我感觉月光也似乎变绿。听说鬼全身的毛是绿的，在月光的映衬下闪着绿光。就在我魂飞魄散，娘啊娘啊地哭叫时，身后的"鬼"大笑了，紧接着说话了："勾子松，跑啥哩，我跟你耍哩！"

我只觉心扑通一声归了原位，头猛然一轻，魂归体内。待站稳，第一个反应就是朝那人扑过去，脚手并用，一边打一边骂："日你娘，你差点吓死我……"那家伙显然比我大，我连推几把都推不倒，用上我平时的"绊腿"绝招都不管用。他没有一点反击的意思，只是开心地大笑。当听到我在奔跑中尿了一裤裆，笑得在地上打滚。

拴狗是沈家村人，那年十二岁，父亲是有名的铜匠，但我们大多都知道他是看秋的，都眼馋他那杆老土枪。看秋的铜匠在拴狗七岁，女儿三岁时就死了老婆，也就是说，拴狗早早就成了没有娘的孩子。

拴狗在那天夜里，被我连搡带打，他是给了我一个承诺我才与他讲和的，他说他爹是看秋的铜匠，有一杆老土枪，能让我实弹演习一次。我那时是多么渴望能玩玩真枪啊。我做过木头柄的子弹壳枪，做过洋火枪，还叠过纸枪，我们家还有一支二哥扛过的，我至今上学还在扛的木头枪，但那些都是假的。虽说子弹壳枪装上炸药能打响，用自行车链子做的洋火枪能将捉来的麻雀吊起来做射"麻"比赛，但子弹壳枪因我在上数学课时在书桌里玩弄，不慎走火，闹得硝烟从桌子里面袅袅升腾在教室，气坏了老师，当场"缴械"，并找来一把锤子，在讲台上砸毁后从窗户扔出去，让我在炎热天里头顶空木橔晒了一堂课。我做的链子枪命运也很悲凄：为了美化它，我偷偷地将自己的红领巾用剪子铰了一绺子做枪穗，坐在热炕上还在被窝里玩弄。也是不巧走火了，枪响后，硝烟从我的裤裆那里冒出来。娘听罢枪响，揭开被子，看见了枪和红领巾做的枪穗，抓起笤帚就打我，仍不解气，就将状告到了爹那里。爹那天情绪很不好，饲养室死了一只奶羊，那羊是刚出生不久的驴驹离开驴妈妈的羊妈妈。娘很疼爱那驴驹，为了羊妈妈能多产奶，将家里的面汤倒给奶羊喝，奶羊喝多了，肚子鼓胀，一命呜呼，让爹和其他社员落了泪。爹听了娘的控告，脸黑得像锅底，抬腿就脱鞋，准备像往日那样扇我的屁股。我早有防备，灵巧地从他腋下溜走，撒开腿像线轮子般飞逃，爹知道我能采用飞身上树，翻身上墙，能氽进涝池游过对岸，骂了几句"嫖客日下的"自己骂自己的话，然后作罢。但那天夜里我就惨了，尽管我眼瞅着爹晚上喝罢汤回饲养室了，尽管我恐怕爹的气没有消，会折身返回来，我意在睡前没有脱衣服。当我从梦中惊醒，爹已将我像捉猪娃似的抓住两条腿，然后用去北山拉柴用的牛皮绳子捆住吊在梁上。那是爹今生"修理"我最厉害的一次。爹点着旱烟锅，在烟雾腾腾中历数我的劣迹：偷家里卖猪的5元钱去讨好红小兵中队长，偷家里的银镯子给了邻村的外甥，偷吃了走亲戚的点心还将包装纸伪装成原样，用洋火枪在熟睡的同学脊背上试枪威力。平日里放学后不是在墙头，就是在树杈，不是在涝池，就是在场合，一点碎渣渣娃就学会了玩十点半赌分分钱，好样样没学多少，瞎样样占全了，端着草筛卖粑粑，歪眼眼将正眼眼全隔住了，三天不打，上房揭瓦，现在连红领巾也敢剪成枪穗穗了，那是红旗的一角，是犯法的呀。爹说到这里，在炕边嗑掉烟锅子里的灰，脱下鞋抡起来狠命打我的屁股。娘见爹动了真的，一边劝爹别打了，教训教训就对了，一边叫我赶紧向爹求饶。爹也一边打一边问我以后还敢不敢了，一边给娘说，将切面刀拿来，他要割掉我不听话的耳朵。妹妹以为爹要杀我，从炕上跳下来抱住爹的腿，叫道：别杀碎哥，他再也不敢了。我闭嘴咬牙宁死不肯。屋子里的噼啪声惊醒了家门的婶婶，她急忙赶来，将我"营救"出去。

我对拴狗说，爹打我时，我一直操心我藏在鸡窝里的链子枪，唯恐爹问枪的去向，以至于几乎忘记了屁股疼痛。拴狗用胳膊友好的搂着我说，我把我爹的土枪拿来让你过过瘾，你就知道啥叫个真正的枪了。当年毛主席领导穷人打江山时，就用的这种土枪，它跟《南征北战》里面不断气的机枪威力差不多。土枪装上沙子要打两尺宽，瞄准打兔子，能捎带打死飞舞的苍蝇。蒋介石不害怕不断气的机枪，害怕的是老土枪。说话间，一辆马拉车过来了，车上挂着马灯，车夫放开嗓子吼道：太阳出来照东墙，西墙那面有阴凉，两只麻鞋是一双，羊羔它妈是母羊。我立马准备拾粪。拴狗说，甭慌，我帮你拾满了笼子后我再拾。马拉车从桥上轰轰隆隆驶过去了，嗒嗒的马蹄子声像好几个人在同时捣蒜。马放了一个屁，像撕布声。

这时候，一阵风呜呜地刮来，像刀子，在空气中仿佛隐了形，想割我的脸就能割我的脸，想溜进裤腿、袖子里，也随时遂愿。杨树被风刀子割得根部咔咔响了几下，我知道，风在隔着土割树的脚，杨树痛苦地扭着袅娜的腰肢，枝丫像手臂在呻吟。我尿湿的裤裆此时与风合谋了，由温暖"小牛牛"的亚热带变成割"小牛牛"的南极洲。

拴狗笑着说，风在咬"牛牛"了吧。一边说一边脱掉自己的棉裤，让我同他换着穿。我说，你不怕风吹"牛牛"，我还不忍心哩。拴狗说他的"牛牛"大了，不怕，我的"牛牛"才小茶壶嘴嘴那么一丁点，经不起风咬。见我迟疑，他就大人般地说，快脱你的棉裤，听哥的话。

我穿上拴狗的棉裤，感觉好受多了。我俩从渠侧下到路中，拴狗让我将笼子拿来，他用锨铲刚才马拉车经过时马和骡子屙下的粪蛋蛋。拴狗说，看来那几个牲口都方便了，光这粪就能拾多半笼子。粪已经结了冰，用锨铲能听见嚓嚓的声音。拴狗说，我最怕拾稀粪，那是牲口肚子坏了拉下的粪，一结冰，粘在地上像黄蜡，用锨铲一次，掉一片子。我说，拴狗你在碾麦时接过粪没有。拴狗说，咋能没接过。麦子上场季节，他常替父亲接粪。有一次，父亲套着碌碡碾麦，拉碌碡的是两头牛。他一手帮父亲牵牛，一手拿着笊篱。但那天有头牛肚子坏了，拉肚子，屙的是稀粪，溅了他一脸一身。

说话间，又来了一辆马拉车，刮木闸声响彻在冷凛的空气中。车夫的鞭子啪啪炸响，还骂着日娘捣老子的话，骂公马是嫖客，母马是卖 × 货，声音掺和着亲切，像骂儿女一般。这趟车过去了，我笼子里的粪满了，还给拴狗拾了小半笼子。拴狗对我说，你回去吧，太冷了。我心里挺感动，说也要帮拴狗将笼子拾满。等车的时候，我们俩就在地上不住地跳着跺脚。我对拴狗说，下一次我来的时候干脆带上毽子，两人比赛踢毽子。拴狗问我夜里能看见。我反问他，他说他跟我一样，早适应了夜里的光亮，黑漆漆的夜里也能看见东西。

拴狗与我分手时，天开始发亮，远远地能听见稀落的脚步声。他长得很有些像嘎子，也是那种上树、上房，塞烟筒的家伙。我们心知肚明，天亮之前回家，尽可能不让人看见，为了大人们和我们可怜的尊严，也为了避免让人说我们私心冒头。

三

这以后，我和拴狗就熟了。他很守信用，将他爹的那一杆老土枪给我背来了。我们俩在夜里放枪，这是我平生第一次玩真家伙。枪放完后，乐得在地上打了几个滚。拴狗对我说，他用枪打麻雀，打左腿绝对打不了右腿，他还曾经打死过一只獾，是个公的，卵子都有枣那么大。最让我称奇的是，他能像《地道战》里面高传宝那样打枪，就是没有山田队长供他练靶子。如果有，他绝对只伤他屁股，其他的毬毛都不会伤一根。他还会学八路军打枪。拴狗这样说着，我只觉得他的形象越来越高大，在我心目中简直成了英雄。我按捺不住向伙伴夸耀，几个伙伴不信，说我在吹牛。我只好详细说起和拴狗在一起拾粪的经历。这样一来，伙伴都讨好我，一定要我带上他们开开眼，还将家里留给自己的高粱面饼掰一半给我。我学着大人的豪爽，对他们说，心意我领了，饼子还是留给自己吃吧。我将此消息告诉给拴狗。拴狗也像大人一样拍着胸脯说，这个面子哥要给你。

记得拴狗学八路军打枪模仿秀的地点是在我们村南的坟园，其中有两座坟，一座是解放彪角时牺牲了的刘大个班长的，另一座是他的战友驼背伯的。那天夜里，按照事先约定，我村里的几个好伙伴在前一天夜里跟我一起睡在爹的饲养室土炕上，都兴奋地闹了半宿。马拉车的刮木闸声一响，我们匆匆起身，一路跑到那座桥下。拴狗早在此等候，他已经拾了多半笼子粪了。我的伙伴们也将拴狗当成了英雄，争先恐后帮我们拾粪，让我们俩在一旁踢毽子。我见拴狗的装束变了，头上戴着没有帽徽的军帽，左臂上戴着红卫兵绣标，胸襟上别着有夜光的毛主席纪念章。拴狗说，为借这些装束，他给庄子的复员军人帮忙拉了好几车土。很快地，两笼子粪都拾满了，我们就欢叫着抬起来向着坟园跑。那时的坟园还在一片苜蓿地里，冬夜里悄然无声。我们找到刘班长的坟，拴狗就开始往枪里面装药。装好药，他煞有介事地将手一摆说："都闪远点！"然后学着《地道战》里面山田队长的进攻令："呀——给——给——"接下来，他将枪搭在刘班长的坟头，扣动扳机，打山田队长的屁股。那一瞬间，几个伙伴去捂耳朵，但只听见扳机响，枪没有响。拴狗说，药有些发潮了，我再补一枪。话音刚落，只听见嗵的一声巨响，声音直传到很远的地方。几个伙伴兴奋地大叫："再放一枪！"拴狗大人似的说："那就再让大家开开眼，这一次。我学国民党兵放炮。"药装了一会儿。看得出这一次枪筒里面的火药装的比第一次瓷实。拴狗坐在刘班长和驼背伯两座坟的空隙，双腿盘坐，将枪夹在两条腿中间，口里呜呜呜地发出炮弹飞行时的声音，紧接着只见一条火舌闪电般蹿向他的腿部，一眨眼，拴狗的裤裆就着了火。拴狗大叫："枪辙倒火了，烧上我的'小牛牛'了，啊，烧上我的'小牛牛'了啊！"。几个伙伴大叫着往家里跑了。我冲上去帮拴狗打火。待打灭火，那几个伙伴已跑到村口的涝池那里，隐约听见一个个伙伴的笑声。拴狗用胳膊抱住我说："你是哥的真正朋友。"我问他"小牛牛"烧得疼不疼。拴狗说，他刚才是故意吓唬我们哩，像这种枪辙倒火的事他经见了几次了。没有啥了不得的。

枪辙倒火的事件成了我少年时代久传不衰的趣话，故事版本也演绎到几种。其中有一种是说我和伙伴们一起去帮栓狗打火，几个人的裤裆都着了，都伤了"小牛牛"。拴狗对此一笑说，这样一来，那几个小子倒成了助人为乐的英雄了。那天夜里的经历让我和拴狗的心拉得更近了。拴狗也在那天夜里有了新发现。他告诉我，坟园有兔子，这是他放完第一枪时就看见的。我们在那天夜里增加了一个新伙伴，那就是铁蛋家的黑狗。

黑狗是我们庄子仅存的一只狗。它的两个伙伴白狗和花狗因偷吃生产队的苞谷，被愤怒的社员活埋了。记得那是深秋的一个早晨，队长提着一块圆锅盔（那是生产队的麦子做成的），将两条犯了"盗窃罪"的狗引诱到早挖好的土坑边，黑狗也想一块去分享锅盔馍，被社员吆喝走了。队长将馍扔到土坑里，两条狗飞身下去，争抢着吃。几个社员要用锨铲土。队长说，等一等，让狗吃完馍，别让它们饿着肚子上路。那一瞬间，我看见队长的眼里闪着泪光。狗吃完了馍，周围的锨飞快地开始铲土，转眼间坑就填平了，隔着土还能听见狗的呻吟。队长说，大家用脚将土踏瓷实些，狗有九条命，又是土命，如果有空气，一时半会咽不了气，将土踏瓷实，让狗少受些罪。

白狗和花狗安息在我们村的大土场里，剩下在世的黑狗孤零零的，不敢去庄稼地，就在城壕里、粪堆里捡吃的东西。那天夜里，黑狗在似醒非醒中听到了村南坟园的火枪声，它那天生与猎人亲近的本性复活了。它一阵飞奔，来到我和拴狗跟前，摇着尾巴。拴狗说，这狗好，来得很及时，下次咱们拾完粪在坟园打兔子，让黑狗也参加。

黑狗很有灵性，每当我夜宿爹的饲养室，他总要在外面转悠几回。爹很爱黑狗，每当听见狗来了，就开门，让狗在槽边也分沾一点吃的。而每当我在马拉车的刮木闸响起，从被窝起来穿好衣服，挎粪笼出发时，狗温驯地伴随我，让我不由得也给它掰指头蛋大一点的高粱饼。我和拴狗加上黑狗经过努力，终于打到了几只兔子。那几只兔子都是在中弹后继续奔跑中被黑狗叼住的。就这样，我吃到了那个年代最奢侈的兔肉。记得肉同样是在夜里煮的，喷香的兔肉味从我家灶房飘出，弥漫了整个庄子，好些小孩在梦中陶醉，嘴角的涎水濡湿了被角。

但有一个夜里，我和黑狗赶到拾粪的桥上时，拴狗没有来。这是自我们认识以后他第一次晚到。等了足足一大会儿，我的粪笼都满了，他才来。我第一眼就看见他没有带土枪。他失意地告诉我，爹发现他用了不少火药，怕队长知道后批评，将枪和火药看管好了。枪是带不出来了，但我们依旧像过去一样拾粪。黑狗也没有因为再也吃不上兔杂碎而离开我们。我们就比赛踢毽子。每当毽子飞落到路边的田地里，黑狗就飞快地将毽子用嘴叼过来。有了黑狗，我们也暖和了不少。我们不再像过去那样在桥上冷得直跺脚。等车的时候，我们下到桥下，同狗挤在一块相互取暖。桥下面暖和多了，我们一边用手抚摸毛茸茸的狗身子，一边拉家常。

拴狗讲了他的童年，说他离开娘的那天早晨，娘给他和妹妹洗了脸，给他和妹妹做了顿麦子面面条，看着他和妹妹吃得香甜，抱抱他，抱抱妹妹，眼泪顺脸颊流淌。他娘说，狗娃，你以后要好好照看妹妹，不要惹你爹生气。拴狗那时正沉浸在麦子面面条吞咽的快感中，顾不上说话，只是一个劲地点头。然后，娘让他领着妹妹去外边玩。他贪玩耍，领着妹妹回来时，已是晌午吃饭时分。他进屋喊了一声娘，没有回应，跑进房子，见娘吊在屋梁上。他和妹妹抱着娘的腿哭叫。众邻居闻声跑来解下娘，已经早咽气了。拴狗说，他娘是得了好多年的气管炎，跑了不少医院治不好自寻短见的。为了给他娘治病，拴狗的爹偷偷去卖了好多次血，人也消瘦了很多。后来此事被他娘知道，怕将他爹的命也搭进去，走了这条路。

拴狗在给我讲这些往事时，身子在抽搐。我在黑漆漆的夜里听见他的眼泪像断线的水珠子啪嗒滴落，但在他的脸上看不见。他说离开娘后最让他无法忍受的是妹妹在夜间的喊娘声和醒来见爹脸上止不住的泪水。他说，他能听见眼泪的流淌声也是从那时开始的，以后他发现蚯蚓在泥里的爬动声跟这声音很相似。他说，从那以后，他的眼泪不再往外流了，是流在心里，那种感觉就像食盐水浸心，很难受。为了减少这些痛苦他自找乐，包括恶作剧，就为了不再流眼泪。乡亲们都说他过去挺腼腆的一个娃，怎么一下子就变成现在这样，只有他自己知道这一切变化的秘密。

拴狗讲他娘的时候，我的心提得老高，我想起了娘的气管炎病，想起了为给娘看病，爹和大哥、二哥拼命挣钱挣工分。我害怕起来了，身子在瑟瑟发抖。拴狗说，人都说鬼叫声生煞，狼叫声害怕，这些他都不怕，他只害怕一种声音。我接着说：是一阵一阵的咳嗽声，似乎将肚脯弹奏成了一面漏风的鼓。拴狗的目光盯向我，吸引着黑狗的目光也盯着我，那目光里包含着诸多疑惑。我告诉拴狗，我娘也是多年的气管炎，我这样说的时候，哭声就起来了。拴狗用手擦着我的眼泪，大人似的劝我说：你别怕，我娘死得早了一些，迟几天病也就有救了。我家的远路亲戚在娘不在后的几天来到家里，专程来送一个治气管炎的单方，说是这个单方治好了不少气管炎病人。这位亲戚没想到单方送来，娘已经早走几天了，拉开老牛腔跺着脚哭，用拳头打自己的头，怨恨自己迟来了几天。拴狗说，你看你笑了，你碰见哥是你的福分，明天夜里我就给你将单方带来，叫哥，快叫。我忠诚地将拴狗叫了几声哥，那一刻竟有了兄弟般的感觉，然后我俩笑了。黑狗也汪汪了几声，我们听得出它也在笑。

黑狗在我次日夜起床后，仍发出汪汪的笑声，我高兴地将一块高粱面饼全部让他吃了，然后带着他一路狂奔，忘记了数我的脚步。那夜里雾气很大，像娘蒸馍时蒸笼内升腾的黏稠笼气，不同的是此时的雾气冷得像刀子，在割我的脚指头。黑狗一路用汪汪声在唱歌，我和它心里乐开了花。但我万万没有想到，这是黑狗最后一次的歌唱。

四

那天夜里，我和黑狗赶到桥头，拴狗正站在那里唱歌，见到我，一拳砸向我，亲热地说，叫 10 声哥。我一连叫了 10 声，然后说，拴狗哥快将单方给我。拴狗说不急，这单方我要亲自和你一块交给你娘，这上面的字是医生的草书，有些看不懂，为此，我专门请教医生，才弄明白了，我要亲自给你娘你爹和你说清楚。我高兴极了，对拴狗说，太好哩，我要告诉娘，我认了一个好哥。

然后我们像往常一样，拾过粪就在桥底下休息，说话间拴狗就发出鼾声，他可能昨夜睡晚了，接着我听见黑狗也呼噜声响起，我心里如释重负，昏沉沉进入梦乡……后来被狗叫声惊醒，一看拴狗也几乎同时醒来，只听见一片轰隆隆的喧叫声。拴狗大叫，兄弟，坏了，渠里的大水下来了。原来我们歇息的桥上是一个斗门，上面有一口不深的井，水从西流来先流进这口井里面，井的周围就形成一个大旋涡。说话间，水就淹到我们的脚。拴狗一把抓住我的腿，将我掀到半渠，我往上爬了一步脱险了，他却被翻腾的巨浪打下去。我哭叫着，拴狗哥，快游到渠边。拴狗回答我了，已经在前面五六米处。我大叫着沿渠边飞跑，终于见他的手从渠侧伸上来。我去拉，手一滑，他又不见了。我追了一阵子，直跑得自己没有一丝劲，跌倒在渠沿，放声大哭了。我用手打自己的脸，骂自己为啥会睡着。我打着骂着自己，周围的一切全看不见了，那是我的眼泪蒙住了我的视线。突然，我听见了拴狗的笑声：兄弟，你别打自己了，哥心疼。他的声音仿佛从天上飘下来的，带着屡弱和疲惫。我觉得这是他从另一个世界传过来的声音。我发了疯般哭叫：拴狗哥哇！然后就觉得头一晕，什么也不知道了。

　　我醒来的时候，只感觉在一个人的怀里。我睁开眼，见拴狗赤着上身正暖我，我大叫，拴狗哥，你活着。拴狗见我醒来，说，我命大着呢，将单方不交给你们家，我咋能死呢，我说过的事，一定要办到。在水里，冰碴子像刀子割我的身子，叫我生不如死，几次我都想放弃生的念头，但想到那单方，我就鼓起了生的勇气。多亏黑狗，它追上了我，多少次咬住我的衣袖拼命往上拽，终于将我拽上来了。我大叫，黑狗哩。拴狗第一次在我面前大哭了。黑狗为救拴狗，活活累死了，现在就躺在我们身边。我抱住黑狗哇哇大哭，哭声惊动了路过的马拉车车夫。车夫问明了情况，从车上取下一些麦草，点起篝火，烤我们的身子。邻村冬灌的社员也赶来了，都为黑狗流下感动的泪水。

　　此后几天，我和拴狗以及黑狗的消息传遍几个乡镇。我们的秘密公开了。学校紧急召集放了寒假的全体师生，开大会、开小会，批评我的不遵守校规和私心冒头，公社的领导也参加了学校的会议。拴狗的遭遇也一样。我们俩很快成为出了名的学生。我对这些，不像过去那样太看重了，因为拴狗的单方让娘的病减轻了。

五

我和拴狗自从经历了那一夜的惊险，都被家庭管束住了，大人们先后去那里为我们叫魂。但几天后，我怎么也改变不了一听到马拉车的刮木闸声就匆忙穿上衣服的习惯，并给爹撒谎说去解大手，一出门就直奔桥头，说也巧，在桥头就遇见了拴狗。他也是撒谎出来的，同我的理由如出一辙。我们俩都没有带笼子，就并行着在渠道边慢慢行走。拴狗告诉我，这个地方是我拉他上岸的地方，那个地方是黑狗叼住他往上拽的地方。黑狗拽他的地方有几处。黑狗累死的地方有一个小坑，是四只爪子刨挖的，还有流了血的腥味。拴狗又和我转到埋葬黑狗的地方——我们庄子的那个大土场。黑狗就埋在那两个被活埋了的狗身边。在那里，我们站了好一会，拴狗从口袋掏出纸，烟末儿，卷了一根烟点着，火花映红他的脸。我说：拴狗哥，你抽烟了。我也要他给我卷一根。拴狗说，吸烟是瞎瞎毛病，哥抽了，你还小，哥就不给你了。我发觉拴狗仿佛长大了许多，陡生出对他的崇拜感觉。

这以后，我们的夜间拾粪又开始了，大人看见我们铁了心，也只好随我们。我们的拾粪历经三个冬天。我们渐渐长大了。到第四年，我上了初中，拴狗也在初中，比我高一个年级，我们结束了拾粪生涯，因为天天都能见到对方。拴狗说，兄弟，咱俩前生有缘，哥跟你一样，也是为了见到你才拾粪的。再以后，我们共同上高中，为了和我在一个年级，拴狗在班上留了一级，并想办法和我在一个班。如今，拴狗已是西安一家民营企业的总裁，有上千万资产，公司实际是他自己的。我也在西安一家报社上班，他每每打电话约我吃饭，我知道他是想见我。他告诉我，他的生命里最宝贵的记忆是黑夜，白天是位居第二。他和我一样，吃遍了大酒店的山珍海味，住过了好些星级宾馆，就是从不吃狗肉，从来认为这些高级宾馆，远没有我们和黑狗在桥下歇息的地方舒服。每当酒酣脸热，他和我就停下吃饭，在都市的浮躁之夜回想起几十年前的那种夜晚感觉，那种声音，那种味道。

那是我们的生命里永远的情结，也是我们与生俱来无法忘怀的记忆。

今夜，已是几十年后的夜晚，当我的笔锋进入到那个年代的夜晚，温馨醉人的感觉将我包裹。那些夜晚在我的眼前复活了。拴狗哥，我已数过1646步，已经到了那座桥头，你在那里，哦，我听到了你的笑声，你在桥底下。你猜我给你带来啥，听见了吗，黑狗也来了。拴狗哥，你该高兴了吧。

传 说

一

听庄子老辈人说，大哥的降生，伴随着一段美好的许愿故事。

我知道这段故事，是在 20 世纪八十年代。那时候，我还是一个学生。记得在一个天上降火地上冒火的盛夏日子，我帮助生产队社员碾场。麦场是由收割后的芥子（我们这里叫呛子）地经过平整、泼水、碾压，如此重复多次形成的，看起来光滑又光亮。晌午时分，我和生产队社员刚刚翻完第一场，全身像从涝池里捞出的一样，坐在场边的马头麦垛边的一排子老楸树下乘凉，空气中散发着浓重的汗味和楸树叶略含微苦的味道，以及如同蒸笼里冒出的黏稠炙人的天气味道。也许因为我早晨多吃了芥子油蘸的馍馍，鼻腔里被香而辛辣的芥子油刺激后的感觉犹存，在这种空气中不自觉又连打几个喷嚏，然后靠在麦垛上睡着了。不久，就被一阵子哄笑声惊醒，我听见队上一位我叫叔的社员仍在说，这娃夜黑里真个是梦见乖女子了，这会儿又梦见周公了。

梦见周公，班主任张有老师说的最多，主要针对上课爱睡觉的我。张有老师是一个老学究，常年戴着一副酷似麻将牌的二饼眼镜，写一手倒倒字，像倒伏的麦苗，同学们一度都学写他的倒倒字，我学得最好，不但没得到他的表扬，还被他用教棍在头上敲出几个"生姜疙瘩"，也许领教了张有老师的极致惩罚，起先在他上课爱打瞌睡的我只要听到他讲课的慢吞吞声音，立马联想到木纺车纺线的吱咛吱咛声，我的头就绕来绕去如同纺线，然后就进入梦乡。"喜林同学，你光爱躺觉，又梦见周公了？"张有老师的教棍挟裹着一阵风朝我头顶劈来，而我的头顶在张老师多次的袭击中早有了防备，头一歪，教棍就落在了桌面。有一次，张有老师刚说完"又梦见周公了"，我说老师我梦见满树的黄杏，惹起全班同学此起彼伏的笑闹声。

我刚准备继续闭眼睡，听见这位叔叔又说，崽娃子别睡了，叔给你讲一个故事，你大哥就是从周公那里求来的。我猛然睡意全无，见上了年纪的人都将目光聚集在我身上，只觉得一头雾水。我半信半疑，这位叔叔平时说话风吹冒撂，家乡话说是三簸箕二斗。

大哥真的是从周公那里求来的。

那位叔叔的话假如是真的，无疑就是对我家家史的揭秘。其实，对于他们上一辈人，这已经不是什么秘密。我记得那位叔叔一边说，还忘不了从生产队木桶里用铁马勺盛满大黄泡的水，咕咚咕咚像牛饮，两嘴角漾出的水流淌到胡子潦草的下巴，房檐掉水般落到他赤红的粘满尘土和麦草屑的光裸胸膛，再由胸膛处蚯蚓般滑下，在肚皮上冲出几道细亮的水线。那位叔叔喝完水，最后补充了一句，叔给你说，这事是真的。

我几乎相信了。

爹从来没有给我讲过这事，他不讲我就不能问。问娘不可能了，娘已经离开人世好些年了。问大哥也不成，大哥在外地工作。

那天下午，我和队上的社员干活很卖力，碾场的社员给牛戴上牛笼嘴，套上石碌碡，左手拽住牛缰绳，右手拿着竹笊篱，按先后次序排列着整齐的队形，在看似巨大的圆形麻钱般麦草上从内圈到外圈碾压，我们翻场后，又从外圈到内圈碾压。我什么话也没有说，全身心涌上一种莫名的快乐与神秘，蓦然感觉到起先离我很遥远缥缈的周公因为大哥，突然间那么亲近和亲切。

二

我决定去问跟我同一个家门的红脸叔叔。

红脸叔叔同我爹一样都是生产队的饲养员，个头不高，经常将红铜旱烟锅头贴着后背倒挂在汗褂上。我去找叔叔的时候，叔叔正将碾场的牛缰绳解开，让那些老犍牛、乳牛，还有刚开始上套的牛犊们欢呼着抛开四个蹄子冲进涝池，顿时，牛的尾巴鞭杆般立起，波呲波呲的牛喝水声不绝于耳。叔叔开始骂声飞扬，因为他看见了一条老乳牛和牛犊的背上鞭痕累累，他一定在骂某个不疼惜牛的社员。叔叔发脾气的时候头向一边扭着，脖子上青筋暴起，很怕人。

我帮叔叔将牛拴上牛槽，给牛拌上第一槽草料的时候，已经是傍晚时分，晚霞将饲养室和涝池映照得红彤彤的。叔叔的脸庞更红了。牛在嚼食草料，发出阵阵声浪，叔叔的心情看来好了许多。我向叔叔说明了来意，叔叔卸下一块门板，放在有风的地方，同我一起坐在上面。

叔叔告诉我，爹确实是为生大哥曾去许过愿，去的地方叫周公庙，时间大约在新中国建立后的最初几年间。那时候，爹三十多了还没有得子。自然爹和娘很着急。最后还是我们队上的阴阳先生拐子五出的主意，让爹去周公庙姜嫄娘娘殿许个愿。

我那时还不大清楚周公庙，除了彪角，去过虢王镇，最远的地方去虢镇坡头卖过公鸡。叔叔告诉我，周公庙在岐山，离我们这里不远，三十多里地。

三十多里地，让爹这个挑一百多斤担子日行一百多里的壮汉子费尽了周折。拐子五老先生对爹说，传说在周公庙许愿很灵验，大多能心想事成，但必须步行着去周公庙姜嫄娘娘殿，最好偷一块贡献的馍馍回来让娘吃，来回六十多里途中，不能跟人搭话。

爹是在一个春日的凌晨动身的，时间正好选在周公庙会期间。爹推开家里那道被子弹打穿了几个洞的破旧门时，鸡已经叫过三遍。随着门吱嘎一声，昏亮的煤油灯光跳跃到被月光映照得白灿灿的房檐台上。娘随后走出来看见我们家当院的椿树顶上空挂满星星，对爹说，等鸡儿下了架再去吧。娘的话刚落，被爹严厉地盯了一眼。因为爹牢牢记着拐子五老先生的话。然后爹背着布包稳步走出了院子，走过坑洼不平的庄子巷道，绕过城壕，在庄子北面的那棵老皂角树下，爹喘了一口气，向着周公庙所在地东北方向，很认真地跪拜了三次，心里悄悄念叨着，周公庙里的姜嫄娘娘啊，给我送一个白胖胖的儿子吧。

爹人高马大，走路向来踩得地皮都在动，因为万分虔诚，步子自然就很轻很轻，不像往常走路一溜风，而是整个步态和神态充满了柔情。爹连烟都不敢吃，活像个女人在走路，边走边默默念叨着那个许愿词。

叔叔告诉我，爹天生就是个受苦的命，奶奶离开人世早，爹从小跟爷爷相依为命。十五六岁时，爷爷过世，爹一个人就操持家，给财东打短工，过三十了才成家，又迟迟不得子。爹是个大孝子，深深懂得"不孝有三，无后为大"的朴素道理，所以生孩子，成为爹那时候最大的人生目标。

按照爹选定的路线，从我们庄子到雍河畔，再经过河上面的石桥上一道大坡到新庄河村、南务村，然后沿田间小路一路到唐志庄村，再一路到横水西边的北务村、绕开横水街道后经过铁王村、路家村、尹家坞村、堰西村、堰河村、祝家巷村，最后到达周公庙。爹选的都是小路，尽量避开村巷，为的是尽可能不遇见行人，不跟人搭话。

但是爹的这个计划路线，还是因为变化而不得不修改。爹走到北务村时，听到身后不远有脚步声，忙停下朝后看，见在月色下有两个人影在尾随。爹不由愣怔了一下，侧耳静听，除了两个人的脚步声，没有听到说话声，而且从身影上看，一前一后是一男一女，爹初步判断出，很可能也是去周公庙许愿的。爹的心里有了纠结，马上想到姜嫄娘娘殿里的供品馍馍，许愿的人多了，偷馍馍就有了竞争。爹当机立断，从这里很快找出一个捷径路段来，远远地将那两个人甩在身后。但不久爹就有了新的发现，就在铁王村和路家村中间的途中，爹听见了脚步声，循声望去，隐隐约约见一位光头男子从田地里斜插过来，看情形也是去许愿的，然后又发现好几个人。爹的心头就发紧，感觉到了某种压力。爹就在心里叽咕，偏偏今天去许愿的人咋就那么多，爹起得那么早，还是有人赶在了他前面。爹就不停地在口里默默念那句不知道已经念了多少次的许愿词，不断调整行走路线。

三

爹是个急性子人，平时在农业社干活也要比别的社员快三分，爹吃饭也是大喉咙，一碗面条端在手里，呼噜噜就连汤带面吞下肚，吃饭时声震屋瓦。爹的手大脚大，但都老茧厚硬，一年四季全是黑乎乎模样。所以，要是在平时，爹早就到周公庙了，很可能已经原路返回到现在所处的路家村了。但这一天，这个神圣的一天，爹满身心涌出一种巨大的力量，他内心的渴望直到发端，他极度的虔诚使他一直保持着矜持而有些优雅的步态。爹在心里说，看那个从麦地里斜插急走的光头，急眉日眼的，走没有走相，抢先去不如时分巧。

爹就是在这个时候又有了新的发现，他看见一条黑狗尾随而来，先是30多米，很快20多米，最后只有10多米。爹见此有些慌神，因为想起跟狗也不能搭腔的，但如果狗要咬他，怎么办，爹想在地上摸起一块土坷垃将狗撵走，但又会失去矜持，就狠下决心，即使让狗咬了，也要保持脸不变色心不跳。也许爹的动态将黑狗也搞糊涂了，它都追到剩几米了，仍不见反击，它蹦跳到我爹的前面，又在我爹周围转了几个圈子，然后就又蹦起来用爪子摸我爹的布包。爹就在那一瞬间很快反应过来，黑狗一定是老远就闻到了布包里面的玉米面粑粑。娘昨晚上蒸的这个粑粑馍，味道好极了，里面还放了糖精，没想到竟然将这条黑狗引来了。爹走着，依然保持着平稳步态，一边从容不迫从布包取出一块粑粑给黑狗。爹听见黑狗的喉咙发出"哇唔"的欢呼声，顺便用软绵绵的尾巴友好地亲爹的腿。

那条黑狗在吃完那块粑粑馍后，也不紧不慢地在爹20米后跟随着，爹又给狗放了两次馍馍。在堰河村的土场边，爹看见周公庙方向的上空猛然亮了一下，月光与曙光瞬间交替。爹走十步的当儿，见村舍和田野已经在淡淡的晨雾中，整个天地渐次涌起人潮声、鸡鸣声、犬吠声。开门的吱呀声湿漉漉的，爹就在这种氛围中，非常舒心地望着东方的鱼肚白里渐渐泛出嫣红。爹来到祝家巷村东的那条土路时，红日猛然从地平线上升腾，爹的心头有一种震撼，他的浑身从里到外氤氲在庄严的生命气息中。爹也在这个时刻向红日深深地跪拜了。

接下来，爹戴上了娘特意为他编制的新草帽。爹将草帽檐向前压低，本能地防备着路人与他搭腔，这情形很像我在20世纪八十年代看过的外国电影《佐罗》里的主人公的姿态。但尽管爹如此周密，还是被又一个行人接着尾随，爹看见一个蓬头垢面的人一路小跑而来，此人穿着掉着棉絮子的袄子，肩头上和胸前已经黑污得看不清颜色，油亮油亮，腰里紧了根草绳。爹起初以为是个疯子，打量了一下此人眼神，判断出这是一个要饭的。当此人距离爹只有几步时，爹不慌不忙地将布包里面的最后一块粑粑馍送给此人，然后头也不回直奔周公庙。

此时此刻，周公庙已经在前方，庙门前的古树在红彤彤的阳光下透着神秘和庄重，凤凰山顶飘着祥瑞云朵，周公庙里的庙宇和楼榭泛着神性的光芒。爹跪下来了，一边跪拜一边默念着许愿词，眼里闪出泪光。

四

那天，爹是最早到周公庙上香的人之一，爹带着一大捆香，将周公、召公、姜太公等圣贤一一拜过，最后到姜嫄娘娘殿，跪拜着久久不起来，口里不停念叨着那句许愿词，似乎只有听见姜嫄娘娘的许诺才能停下来。然后爹虔诚无比地用目光去搜寻姜嫄娘娘前面的供品，当看见白白的蒸馍时，爹的心里很激动，但一眨眼，很快就被藏在娘娘身后的人偷走。爹就去了润德泉，吊上来一缸子水，甜甜地喝了，想吃粑粑馍，才知道都送出去了。爹又去玄武洞，摸了玉石爷的脑袋和身子，顿觉精神大振。

爹重返姜嫄娘娘殿时，进香的人已经很多，所幸，爹没有发现熟悉的和认识的人，出于周全考虑，爹在重新跪拜姜嫄娘娘后，悄悄地藏在了娘娘身后。这时候，已经是中午，前来进香的人很多，爹听着那些人的许愿在殿内环绕，沉醉在缭绕的香味里。爹在这个时刻有过瞬间迷幻，爹在迷幻中感觉姜嫄娘娘的身子动了，随后，爹就看见姜嫄娘娘在袅袅的香烟中轻盈地飞舞起来，也领着爹在空中翩翩飞翔，娘娘原来是个旷世美女，瀑布般的长发和飘扬的衣袂在阳光下闪着柔和的光芒。时间的云烟流云般飘至爹的身后，身下的凤凰山在宁静的圣光中。凤凰的鸣叫声响彻云天，随着鸣叫声，凤凰山南麓的咏经声在天地回旋，爹记住了"凤凰鸣矣，于彼高岗""有卷者阿，飘风自南"两句诗。爹在默念中迷幻就消失了，有一股食物的醇香激醒了爹。爹终于得到了一块圆圆的馒头。

爹回家同样费了心思，为了回避认识的人，他选择了由北郭村开始就改道，沿途经过横水镇的紫柏村、宋家村、马洛村，到彪角镇的瓦岗寨村、候丰村，然后回到家。在瓦岗寨村的雍河畔，太阳还没有落山，爹就在远古时代的旧窑洞里面待了一段时间，直到天黑严实了，才继续上路。

爹走到我们庄子北面那棵皂角树下时，鸡早都上了架，庄子沉浸在安静祥和中。爹摸了摸一直揣在怀里的馒头，跪下来，向周公庙所在方向虔诚地拜了三次。

娘一听到爹的脚步声，急匆匆开门蹦到院子，娘是大脚，属于乐天派，边走边说，咋回来得这么晚。立即遭到爹的瞪眼。但是爹记着在这时候不能说话，赶紧送上馍馍，让娘吃。娘回过神来，拿过馍馍就吃，在快要吃完的当儿，娘的嘴巴停止了嚼动，眼睛挣得老大。爹见此情景，以为娘噎着了，刚要进屋倒水给娘喝，见娘用手指后面，回头看，是昨夜见的那条黑狗，不知是啥时候跟着爹的，此时正友好地坐在院子的椿树下，一个劲地摇着尾巴。

当夜，爹从周公庙姜嫄娘娘那里得了一块蒸面馒头，还引回来一条狗的消息很快传遍全庄子。红脸叔叔和婶婶，以及庄子里都已经睡下的乡亲们，都很快穿上衣服，涌到我家的屋子院外。拐子五老先生也来了，听了爹的整个叙述过程，再看了那条黑狗，拿文调武地说，狗来福，吉兆也。

也许应了这个美好的许愿，次年，娘很顺利地生下大哥。大哥生下来就白白胖胖，人见人爱，没有满月，就被庄子里大多数人看过抱过。爹和娘更是将大哥视若瑰宝，商量给大哥起名字，但商量来商量去，还是觉得大哥是从周公那里许愿得来的，得由文墨深的人来起名字。爹去镇上打来了酒，郑重邀请拐子五老先生和老学究张有来给大哥起名。拐子五老先生是我们庄子的贤人，能将《透天玄机》倒背如流，他来到我家，和张有先生拟了好几个名字，商量来商量去，最后给大哥取名叫周喜，小名叫周娃，顾名思义，这孩子是从周公那里得来的喜事儿。

有了大哥周喜，就有了二哥都喜，我是爹和娘的第三个儿子，起名叫喜林，小名林子，意思就是喜事多得跟树林子一样。

五

红脸叔叔说，爹自从有了大哥，整个人发生了变化，性情由过去的急躁变得沉稳了，对人说话变得很温和。后来竟然常常跟生产队的牛啊、跟人家的羊啊也说体己话，一边在涝池担水，一边跟涝池的水说话，做事有板有眼，丝毫不乱。大哥三岁时，可爱得像个小天使，红脸叔叔和婶婶常将大哥领到家里，给大哥做好吃的食物，红脸叔叔几乎在哪里都要带上大哥。有一次，红脸叔叔套上生产队的木轮大车，去土场给饲养室牛圈里拉土，来回带上大哥，一路上叔侄俩快乐万分，但在叔叔开崖上的土时，崩塌下来的积土压断了大哥的左腿。按照过去，爹准会扯开嗓子跳着骂叔叔。让红脸叔叔意想不到的是，爹不但没有骂他，反而安慰他。叔叔说，周公庙是个神地，能将你爹这样一个粗人变成细人，爹在潜移默化中给姜嫄娘娘还了愿。

在我的印象中，大哥从来也是温和的，从我记事起，大哥就常常背着我在庄子里里外外转悠玩耍，后来背着我到邻村看戏看电影。印象很深的一次，是大哥带着我前去镇上街道上看《平原游击队》电影。大哥累了放下我，电影里打仗时，赶紧将我抱起来，让我一边看一边大叫。我小时候很淘气，常常弄坏大哥的笔和其他东西，大哥从来没有说过我一句重话，就是到现在，大哥对我仍然像对待不大懂事的孩子。前些年，我为大哥写过一篇散文发表在一家有影响的刊物上，还获了一个全国性的散文征文奖。大哥看见了，很高兴，说我的记性真好，将过去的事情全都记着。几年前，大哥退休回家，过一段时间要到周公庙去一趟。我告诉大哥，我准备将我们家与周公庙的故事写出来，没有想到大哥很支持，还给我补充了过去红脸叔叔没有讲到的细节，那就是爹在姜嫄娘娘身后瞬间迷幻的那一刻。

我是在八十年代中期，骑着我那辆没有铃没有闸、周身乱响的自行车第一次去的周公庙，我在周公庙转悠了一天，想写篇文章，但周文化太深奥了，我琢磨来又琢磨去，没有写出来，以后我又多次去周公庙，还是没有写出来。

2001年，爹去世的前一年，我按照爹的吩咐，租了一辆出租车去周公庙，爹让车从小路走，我知道爹说的小路其实就是他当年前去许愿时走的那条路线，我说服了司机，途中，爹让车停了好几遍，爹下车走走看看，说路变得根本看不到过去路的影子。到周公庙，我看见爹脸色红润了许多，走路硬朗了，在庙外的高大古树下，爹就跪下来，和我一起跪拜，一直跪拜了所有的神殿。我记得在跪拜姜嫄娘娘时，我和爹全身沐浴在从门窗投射进来的阳光中，爹嘴里念念不断，我依稀听到了"凤凰鸣矣，于彼高岗""有卷者阿，飘风自南"的诗句，爹在咏诵声里，泪水哗哗地从眼眶里涌出。

六

又是许多年过去了，爹娘、红脸叔叔婶婶们、拐子五老先生，以及所有知道我家与周公庙故事的上辈人，几乎全部作古，永远存在于某一个时间段，成为一个永恒。

我常常想，周公对我家的恩泽和影响，早已经伴随着时光，温润在日常中，像空气，像阳光、像月光。曾经的故事已成为一个美好的传说，但愿我这篇小文也会成为一个美好的传说。

故乡的深处

五十岁以后，我的意识已经习惯时光倒转，这情形很像我完成一部比较大的作品，每当续写时总要从头往后读或从后往前读，以此再度融入，有点牛在夜间反刍的意味。到这个人生阶段，创作已经主要靠阅历和记忆了。其中贯穿的经度是故乡，是故乡地理，故乡的情感地理和精神地理，我发现，我所有的经历和生活都与故乡能扯上关系，那是我的宿命，我注定要在这个由故乡生成的通道去成蛹化蝶，一次又一次对活着的意义找到佐证。

上李家塬是我的故乡，这是地理上情感上乃至精神上的。我出生的那天下午，正逢隆冬，虚弱的太阳光照射着后院的半截土墙，家门婶婶为我接生，娘流在苇席上的血跟阳光一个样，从那一刻我来到了这个世界上，确切地说来到了上李家塬一个没有头门，只有三间土屋房的敞院。

这个故乡应该是虚弱的，如同虚弱的娘虚弱的我还有那天下午虚弱的阳光，它还是丑陋的贫穷的，尽管在我三岁以后的记忆中它一直充盈着温暖、爱和无尽的乐趣，如同鸟将自己的窝巢视作天堂，狗将自己栖身的麦垛洞当成良舍，但它的这些客观特征是丝毫改变不了的。

上李家塬，从字面上强调了李姓，强调了土塬，说到底这个塬还是渭北高原一个很小部分，连凤翔县地图上也不容易找到，它只是一个自然村落，只是村落里绝大多数是李姓，基本名符其实。

我的人生履历是从土炕上开始的，如果算上爬行，是从土炕这头爬向另一头，然后抓着土窗台挪步，接下来学会走路，从屋子挪腾到院子，院子是我的王国，然后村子是我的王国，六岁以前，我没有走完村子的各个角落，城壕没有走完，那几个像巨大嘴巴朝天张着口的大土场没有走完。我倒是数清了生产队饲养室的牛和庄子的鸡和狗。那时候，上李家塬如同一个国度，有土墙围成的城堡，幽深的土壕，城门楼，还有南塬、东塬、西塬形成三国鼎立态势。之所以这样说，是因为我的家在城堡里面，也是因为经常在大槐树下听庄子里几个老历史学家讲三国故事的缘故。说得形象一点，南塬东塬西塬倒像是城堡伸出的瓜藤。

贫穷虚弱的村落自有生命的韧性，从那时起，我对故乡的融入是双向的，一端是顺时，另一端是逆时的，一方面我随着故乡渐渐变老，另一方面，我一步步沉潜到故乡的历史源头。

城壕和城墙

我会走路有一半归功于土墙，炕上炕下，门里门外，前院后院全是土墙，给我依扶，土墙不言不语帮助了我。

城壕是与城墙相对应的，城墙有多高，城壕就有多深，而土墙相对应的是土场。说穿了，墙都是土质的，不同的是土墙是从土场运来的土打垒成的，都是土的立体状态，有血与汗的凝结，美与力的呈现，有着美学意义。

我们庄子的土壕建于何时，具体年代不清楚，墙里墙外有木椽的印痕，一排又一排从上而下或者从下而上，由于岁月的风雨侵蚀，已模糊不明确。城墙是方的，城壕和城里的房舍组合成回字形状。城背后长着一棵老皂角树，与城门外的老皂角树相对而立，树很粗，几个人手拉在一起才能抱得住，像两个守卫庄子的巨人。这两棵树有多少年了，庄子最年长的老者也说不上来，树身子都空了，能同时钻进几个孩子。从我记事起，这两棵树就是这个样子，根深叶密。无风的时候，老皂角树跟城墙默默相对，静得似乎能听见彼此的心跳，我多次在午饭后一个人坐在庄子的照壁下那个土台上，呆呆地看着皂角树和城墙，后来才发现是自己的心跳声，越是静，自己的心跳声越清晰。看树看得久了，就会看见越来越多的麻雀在树叶下奔忙，它们在吃虫子，一有风吹草动，会哗啦一声飞向城墙头，城墙头长着草和小树，这些种子是鸟和风播种的，常常在淫雨期，城墙头长满了绿苔和绿癣，成为鸟的乐园。受鸟儿的启发，我爬上墙头移栽过西瓜、西红柿等菜蔬，因大人管控，一天上不了墙头浇水，苗子会被太阳晒干。

城墙头包含了我很多童年和少年时代的日常活动，更大程度上受城壕的引发。城壕越幽深，城墙就越显得高，更危险更具刺激，大人更担心，我和伙伴更乐此不疲。爬城墙跳城壕成为小男子汉胆量的体现。我六岁的时候开始爬墙跳壕，竟然没有一次摔伤过。

城壕里有着永远的神秘和恐怖，各种叫不上名字的杂草、灌木，以及各种各样的树，庄子其他地方有的没有的，这里都有，印象最深的是软枣树，结的小果子跟柿子相似，有一部分后来嫁接成了柿子树，成为最吸引我们嘴馋的孩子的去处。一个人的时候，在城壕是有些害怕的，虫子多，飞行的蚊子类昆虫多，还有蛇蜕像风化了的葱皮，在半崖的鼠洞串挂着，蚯蚓从潮湿的泥土钻出钻进，蜗牛偷偷探出头，遇上一丁点微小的动静，头会缩回去，还有大蚂蚁，有全身黑色的，有脖子和腿带肉红色的，跳来审去，比其他地方的蚂蚁显然多了种自在和大胆。

稍大一些，我一个人常悄悄地来到城壕，成晌成晌在里面刬猪草，累了就静静靠在壕崖上看飞虫在草丛、树梢间飞来飞去，有时候静静看着崖上的镢头印痕，以及白白的生土茬，这些地方是雨漂不到的地方，想象着是哪一辈人曾在这里挖过土。还有一处取土的崖面白得耀眼，这是庄子人每年在腊月二十三祭灶前取土的地方，这种土叫白土，盛脸盆里用水浸泡成泥汤，能刷出白得锃亮的灶台和炕墙，相当于现在的装饰材料。城壕里还有一处崖面全是板板土，像一块块方糖嵌成的，纹络分明，呈赭红色，能掰成小块捏在中指食指和拇指间，含在嘴里香酥酥的，可以在饥饿难耐时吃。长大了才知道这种土学名叫观音土。这是年馑时一种应急的食物，民国十八年（1929年）粮食断顿的家很多，我们庄子人靠吃观音土等到了外出弄粮食和讨饭食回来的主家，全部活了下来，我发现人的肠胃功能在消化土的过程跟蚯蚓有相似之处，只不过人在吸收土里的营养，蚯蚓在消解土中的垃圾。这是我后来的发现。

我爱上了吃观音土，一个人偷偷溜到土壕吃，去时在兜里塞一只延河牌空墨水瓶，瓶里面装上水，一边吃一边喝，享受土泥从喉咙咽下去时的滑腻和舒服感。后来渐渐发现那个崖面有了变化，我掰开的土茬本来晒一两天才好吃的土不知让谁掰着吃了。好几天都这样，是谁啊。

我首先怀疑是蚯蚓，但观察了几天，见蚯蚓进出的地方大多是土最松软处，崖面上有蚯蚓，很少，是从崖里钻出的。蚯蚓很守规矩，只在自己小范围的土里忙活，从不越界。庄子的小伙伴可能不知道这里的土可以吃。

白天发现不了，我选择在晚上，大人是不让我夜间出去方便的，晚上将白天斜靠在茅房土墙上的空尿盆提到屋子脚地，天不亮将用瓦盆做成的尿盆在茅房倒掉尿。尿盆不坏我晚上是出不去的。为此，我用一颗小石子在已经脆薄如纸的尿盆底敲了一个小洞，趁着家里换尿盆的时间差，利用晚上起夜溜出屋子，从茅房的那棵洋槐树爬到城墙头，再跳进城壕。

我发现那个取土的是家门一位小叔子，他靠在白土崖面上，月光下他的脸很白净，他取得小心翼翼，取土声像猫抓挠墙，散发着一阵一阵冷幽幽稍带潮湿的土香。我知道谁在取土了，悄悄扒着墙缝，翻到我家院墙里面，再悄悄溜回屋子。不久，我就发现了这位叔叔家的后院子隔段时间会晒观音土，土粒均匀的撒在苇席上，晒的时间也就两锅烟功夫，就收装进瓦罐里。有一次出于好奇，我捡了一粒吃进嘴里，正巧碰见他从屋子出来，他抚摸着我的头，问好吃吗，我点点头。叔叔说，土还生着哩。我说，叔叔，你为啥在晚上取土。叔叔忙悟我的嘴，看看周围没人，问我没告诉别人吧，我说没有。叔叔说，你小孩家不懂，长大了告诉你，但要保证我夜里取土的秘密。

但叔叔的这个秘密还是传出去了，起因是我有一年春天在教室肚子疼得额头冒豆粒大的汗珠，语文老师让我回家。我晃晃荡荡走出教室，被教室门槛绊了一下，身子打了几个趔趄，然后过涝池岸边，离家还有一里路时，在土墩台那里（这是古时的瞭望哨台），我肚子好像有一辆马拉车在奔跑，我先捂着肚子蹲下来，身子靠在墩台厚厚的土墙上，然后是上吐下泻。那一天中午，生产队社员没有在这里劳动的，我依稀看到爹在远远的饲养室外面推着独轮木车往牲口圈运干土，我叫了几声，声音像蒲公英的花絮，刚飞出去，又被风吹回来，落在土墩台上，后来爹的身影越来越缥缈，我什么也不知道了。醒来的时候，我正躺在叔叔的小土炕上，炕沿上放着好几样土粒，色泽各不相同，还有一只洗净的延河牌墨水方瓶子，里面装着水。我嘴角有土的香味，我知道叔叔为我喂吃土了，肚子已经不疼了。

娘将我背回家里，从箱子架板上取出止痛片，我拒绝吃，说叔叔的药已治好我的病，我说着，将一粒土从手里伸给娘看。娘没说啥，将这粒土包在止痛片的那片麻纸里。

叔叔的秘密从我这泄露了，起因是因为娘肚子不舒服，喝了那颗土粒好了，一下子将那颗土粒当成神药，就跟叔叔去要，庄上的其他姨姨婶婶嫂子们也去要，平时话语不多的叔叔成了土医生。他的土粒成了土秘方。

那年代缺医少药，叔叔的土秘方像长上了翅膀，求药者不断，方圆的虢王、横水、慕仪等镇的人也慕名求药。叔叔坚持分文不取，但挡不住来人的盛意，还是有土鸡蛋、瓜菜之类的东西留下来。叔叔的土成了紧俏货，晚上取土我成了他的帮手。有一次我问叔叔，取的土为啥要在月亮下面晾过后，又为啥在早上的太阳下晒两锅烟工夫。叔叔说这是吸收日月灵气，大多药材是植物或者动物，但这些东西大多是依赖上生长的，普天之下的东西都可为药。我问叔叔，那人哩，是药吗，叔叔想了半天，说也应该是。他摸摸我的头说，你是你娘你爹的药，你娘你爹心里不舒服，看上你半天，啥都好了。

那太阳、月亮也是药了，叔叔说你小子灵透着哩，那是最至贵的药。说远了，还是晾我们的土药吧。

那些年，叔叔的土治好我腹泻，腿上被硬物碰破，手上被利器割破，捏几颗土粒成粉状敷在伤口上，几天后就结痂好利索了。圈里的猪有麻达（毛病），不好好吃食，在城壕提半竹笼土，倒在圈里，让猪嘴拱拱就好了。

后来，叔叔当了空军，入了党提了干，又成了团级领导，在一个大都市混得风生水起，多少年回来一次。记得有一次回家，我对他说，城壕没有了，填了后做了新庄基地。叔叔有些失落。我问他临入伍的前一天晚上他带的那些土粒啥时用完的，部队上的战友来自五湖四海，叔叔肯定风光到全国份上。叔叔说，还真有趣，这土认人哩，外面的人喝了不管用，只对症他一个人。

每次叔叔回来，走时总忘不了要带上一包土。

大土场

我最初的记忆里，大土场跟城壕一样神秘。那时候，家门另一个红脸叔叔是队上饲养员，他时不时要套上比我高出许多的硬角木轮子大车，去大土场拉土。我哭着央求叔叔带我去，叔叔就是不肯，有一次娘看见了，对叔叔说，他叔，你就带娃去吧，并叮咛我和叔叔，离土崖远一点。

叔叔还是不肯带我去，我好几天朝叔叔撅着嘴，不跟叔叔说话，不让叔叔抱。红脸叔叔一直很宠我，常惯着我，有时候我感觉比我爹还亲近，爹常在我调皮捣蛋后用长满硬茧的巴掌搧我，叔叔从来对我很温和。叔叔不带我，我倒受不了。

可我就是禁不住坐大车的诱惑，一次趁叔叔往车上装好铁锨和镢头，套上牛，返回饲养室取旱烟锅时，偷偷踩着轮轴爬上车，悄悄睡在车厢里面，叔叔发现我时，已到大土场取土处，只好让我远远地站着。我很听话，叔叔就放心了，来回让我坐车子。

爹知道了，用已经露出脚趾头的布鞋将我屁股搧得红肿。爹一边搧我，一边用手拧住我耳朵说，叫你再不听话去干罐罐井边玩、去涝池边耍水、翻城墙、跳大土场、跟你红脸叔叔去崖下拉土，你得是不想要腿了，唉！

我当时弄不明白大土场土崖与我腿的关联，事后听娘说，大哥当年随红脸叔叔去大土场拉土，曾被崖顶崩塌的土压断过一条腿。

我纳闷，城壕的土是药，能治病，怎么大土场的土又伤人。娘说，啥东西都是既养人又伤人的，你拐子五大伯常说，蒜罐窝里跳崖哩，头发丝丝上吊哩，棉花包子碰死人哩，娃啊，人活着不容易，后脑勺都要长眼睛哩。

在我眼里，那时的大土场是世界上最大的土坑，又宽又长，能顶好多涝池，进口也是出口，朝着天好像张着巨大的嘴巴。

除过雨季，大土场的土天天取，饲养员三天两头套上木轮大车拉，农户三天两头用架子车拉，逢有盖房的家庭，总雇人在土场打土坯，用一块平滑的方石头或圆石头作底石，上面放置土坯模子（我们这里通常叫胡基模子），木模子是长方形的方框，中间是空的，能活动，底端有一个活木卯，打土坯时，将土坯模子平放在底石上，套好木卯，撒一把干燥的草木灰在模子内的底石上，便于土坯成形后从石头上搬动。模子里面填充的土要湿度适宜，要黏性好又不能含水分多。通常两个人作业，一人供土，一人打土坯。爹和红脸叔叔都是庄子里最好的打土坯匠人。爹光着上身，穿一条大裆半截裤，赤着脚，提着平底石锤，站在那片平石的一侧，见木模内已供好冒尖的土，便双脚蹦跳到湿土上，几个弹跳动作，单脚跺一下，轻盈如在水上漂，再一次飞跳起来，已是双脚有力地踏在土上面，那情形跟现在的广场舞有相像之处，但眨眼间脚下的湿土已呈瓷实样，平底石锤上下动起来，先是三锤下去砸在土中心，再上下左右锤平四个角，石锤动，咚咚咚，像擂鼓，声音带着泥土气在土场的四周响，远远地回荡。爹的头拨浪鼓般一摇，头上脸上眼睫毛上的汗水像细细雨雾，跟身子蒸腾的汗气瞬间融合，这当儿，爹用脚掌将石锤往前轻轻一推，石锤和套在背面臼上的 T 形木柄像人一样站在底石外面的草木灰中，爹用左脚和右脚在木模上一撇一拉，刮净上面的泥土片，跳下底石，弓腰，用手握成拳头，退下活木卯上的底格框木，轻轻地向左右和上端松动框木，将褪掉的木模栽靠在木柄石锤上，方方正正、棱角分明的土坯就安静地躺在底石上。爹从底石的右侧蹲下去，两手各抓住土坯上面的棱沿，更加屏声静气地慢慢搬起土坯，栽立在底石上，然后双手调换到土坯两侧，像抱奖牌一样托在胸前，将土坯栽放在错落有致的垛子上。土坯垛的选地离砸土坯的底石五六米远，要修整得平展，还要用平底锤砸硬实，要确保土坯的两面与地面呈 90 度直角，土坯与土坯间隔两指宽，便于通风晾晒。底层 100 匹，共 5 层，一垛子 500 匹，垛子与垛子间隔半米，看上去，像被检阅的仪仗列队，横竖成行。

　　打土坯是超强体力活和技术活，讲究个稳准狠，爹曾经说过，土场里那一块地方的土打的土坯结实，他远远能闻得出来，判断一个土坯匠人的高明，只需听他用平底锤锤打土坯的声音和节奏可得知。土坯是房子的主要组成部分，除过房子背墙的底部是绑着圆木椽用土场土打垒的，房子的山墙、檐墙、隔墙、炕墙、锅灶、烟囱都是土坯垒成的，就连猪舍猪圈、鸡窝的用料也用的是土坯。

　　每到冬季，地里的活儿少了，全队的男女劳力，开始组成长长的架子车队，从大土场往饲养室附近拉土，下雪天也不停歇，一个冬天下来，堆成了一座小土山，足够来年的牲口圈垫土多半年。红脸叔叔和其他的饲养员不放过每一个晴天晒土的时机，早早从饲养室土炕上起来，在露天的牲口大圈，从饲养室推出几推车干土，均匀地撒在圈里，再将牲口一头一头从饲养室的木槽边的缰绳上解下来，从里面的小圈牵到外面的大圈，拴在固定的木桩上。此时牛哞声、驴骡昂叫声此起彼伏，长调、急板错落有致，组成牲口大合唱。

　　饲养室里面一年四季存储着白得亮眼的干土堆，是用来垫圈的，这些土是用单木轮手推车推运进来的，圈里的粪土用推车往出运。那时的饲养室门都狭窄，饲养员都必须练得一手推单轮车好功夫。红脸叔叔能倒拉手推车从容从门里门外出进。车子稳稳当当不会翻倒，大多人推空车都走不稳，五六步以外往往翻车。

大土场的土堆成的大土山，被红脸叔叔一车一车晒干，运到饲养室垫圈，变成土粪后又一推车一推车运到涝池边，逐渐积成高大的土粪堆，再一车一车运送到地里。家家户户从大土场拉的土变成土粪或由主家用架子车运送到自留地，或者由队上的劳力按粪堆大小计工分后运送到队上的地里。所以，家乡有起圈和起后院之说，分别是指从饲养室内外两个土圈挖运土粪到田地，还有一说叫起涝池，这是指涝池水干了后，队上组织社员清挖淤泥和池底，作为优质肥运送到地里。

除过割草种麦，庄上的劳力一年复一年进行着土的搬运，土墙夯好了，土屋建起了，倒塌拆掉的土屋土也成了土肥上了地。田地在一年年抬高，大土场在一年年变阔大，像土地巨大的伤口大多时对天空无言无话，只有刮大风下白雨（暴雨），大土场会发起巨大的吼声，庄子的地在抖动，伴随着涝池带水声的哨子鸣叫和城壕空洞又浑厚的呜呜声，汇成独一无二的土地的自然合声。记忆中，有一年下午下暴雨，天空像漏了底的大海，两个小时的打雷雨泻，水就将涝池装满、城壕装满，大土场快装满。庄子几个水性好的小伙子，看见变成大湖的大土场喊叫：娘娘（nia），土场成水库哩！然后像下饺子一样，扑通扑通入水，从此岸到彼岸，享受了几乎百年一遇的大泅渡。

我曾问过爹，大土场是从哪一年挖的。爹说他也不知道。我说大土场会继续挖下去吗。爹说也许会，也许会选另一个地方挖成土场。

20 世纪八十年代初，大土场的挖掘终止了，没有人能知道到底挖了多少年，我问了爹、红脸叔叔、庄子最老的长辈，都具体说不上来，都说估计有上百年了吧。以后队上改换为在庄北挖土场，不久，热闹的土场渐渐冷寂了，原因是饲养室拆除了，牛驴骡卖光了，又过了多少年，土屋土墙都被砖头楼板钢筋水泥结构的平房楼房取代了，爹和昔日的打土坯匠人、红脸叔叔和饲养员们大多都相继离世，在村子东南的坟园集结，前几年，庄子最后一位饲养员活到90多岁，在大土场割草时猛然仰躺下去，彻底结束了那个时代。

但我至今忘不了红脸叔叔的和善和发脾气时红脖子突起的青筋，忘不了叔叔干活时涨满血色的胸脯，以及晚上让我睡在他身边给我讲当年他和爹在留坝割竹子的经历，给我讲那一次他们在张良庙照相的情景，那张照片记录了爹和叔叔年轻时的风采，那是爹和叔叔年轻时留下的唯一一张照片。叔叔给我说留坝山都是石头山，我们这里全是土，往地下挖几十丈还是土，真是怪了怪了。我问要是一直挖下去哩，叔叔笑着说，挖透了就掉在美国的麦草垛子上了。而叔叔最终倒在了家里的麦草垛子旁，20世纪九十年代初，一个夏日的午后，叔叔正举起木杈给自家搭麦草垛子，突发脑溢血仰面倒下，木杈从空中坠落，在土场上磕断了一根齿，散落的麦草盖住了叔叔的身体，待发现，叔叔已经走了。

爹是在新千年的第二个秋天走的，临走前那几年，爹跟我斗争不休，一直围绕着建土房还是建平房这个问题。按爹的意思，拆掉老屋的原两间土坯房，再添些木料，他再打些土坯，在新庄基地盖三间土坯房，再搭一个小厨房，日子就可以掀磨着过了。爹已经将屋梁木头，椽、檩、小椽在十年间置齐了，不用多花钱就可以盖好新房。我跟爹的想法不同，我要先盖一院平房，然后再加盖一层成楼房。

当砖头、楼板和水泥材料陆续运送回来，爹跺着脚双手拍打着腿带着哭音说，你是个灌铅娃，你就会糊弄，楼板房有啥好，哪有土房子住着舒服，你摆这么大摊场，光盖房不过日子咧！

我劝爹别拦我了，不要想着再去土场拉土踏墙了，去土场打土坯垒房山墙了，土房子卫生条件差，老鼠多你也睡不好，晚上为守护麦包老是跟老鼠斗仗。

爹说，金买卖银买卖，不及庄稼汉结土块，土房子有啥不好，冬暖夏凉，晚上闻见土昧，觉也能睡踏实，人老几辈不是都这样过来了。

爹老了，拗不过我，对我建房子望也不望，房子建好后，他就是不从老屋往新房搬。我恳求爹，别让庄子人笑话了，你不过来，我怎么在新房住。

爹将旱烟锅里面的烟灰在土炕台磕了磕，没有烟嘴子的烟锅杆冒出一缕烟，飘起来从他的潦草的白胡子到白眉毛慢慢弥散开，然后从秃亮的头顶升到楼板。我拿过烟锅，从木烟盒里用手指捏了一撮旱烟丝，装满烟锅递给爹。

爹说他还是睡土炕窝也 (指舒服)，寿材在楼上，一米二宽的门，刚好将寿材抬出去。

我对爹说新房里也盘着炕，炕面上有一层泥，泥是用土场的土和的。

爹说庄子上年纪的人都说，瓷砖铺的地板尽打滑，他老了走路不稳当，摔一跤就成你们的连累了。

爹最后还是搬进新房了，老屋的厨房让我锁了，他一个人做不成饭，加上爹总想跟孙子在一起，终于住进新房，爹和我的儿子睡在土炕上。

但爹还是老往大土场去，或者去割草，或者成晌待在自家在大土场那一块连着废弃砖瓦窑的责任田里，我想象得出，爹看大土场的目光是温柔的，这里处处有着他刻骨铭心的记忆。

爹和爷爷以及祖辈是为土而生的，祖祖辈辈在我的上李家塬进行土的搬运，搬运出生命的轮回，搬运出五光十色的故事。漫长而又朴素的日子沉淀进土的发酵和丰富中，最终融入故乡的土地，这是他们的命运。大土场是切入口，大土场的延续和幽深不断抬高土地的厚度。他们最终也搬运进土地里，在我的故乡东南方，以馒头般隆起的坟丘存在着，以大土场为邻，显示着另一种高度。

与之对峙的是现在的村庄，是一排又一排楼房平房组成的村庄，土屋彻底消失了，村路街道全被水泥路取代。但今天的乡村跟昔日的乡村是不可分割的，是延续着的，根须仍在土地里，如同先人和今人永远延续着血脉。

永远的西凤酒

家乡的西凤酒至今都散发着家的味道。

我的祖辈的祖辈曾与西凤酒结缘，我在娘胎里就已经被西凤酒的酒香迷醉了。我承认，我生命中最早进入的味道就是酒香，然后才是奶香。

水与火是不相容的，但西凤酒将水与火巧妙地联系在一起。它的形态是液体，像水一样晶莹透明，它安静地在酒海子里，分装在酒瓶里，但它在另一种形态，也就是在精神层面上与天地万物，尤其是与人的生活情感产生着联系。多年前，我的一个伙伴去外地打拼，事业处在低迷期的他给我写信，信上写道：西凤酒是我真诚的朋友。多少年后，他的事业取得成功，写信还是同样的表达。我问他你只说西凤酒，那我呢，我的伙伴说你就是一个走动的西凤酒坛子。我对他说，其实这话你早在当年追邻村的女孩子时就已经多次说过了。

这位伙伴当年在我们镇上的春风会上，遇到了一位美丽女孩，之后便茶饭不思，只喝西凤酒解闷，最后还是借着酒胆向女孩表白爱意。他平时有些口吃，激动的时候话憋在嗓子眼里一下子出不来，但奇怪的是喝上酒以后竟然就不口吃了，妙语连珠。那一年春风会期间，他将这个女孩约到镇子北河畔，也就是家乡的雍水河畔表达心迹，当然他一个人约一个女孩有难度，这中间我起了作用，这位女孩有一个闺蜜恰好是我的一个亲戚，我通过亲戚找到这个女孩子，对她说，你太厉害了，让我的朋友茶饭不思，夜不能眠。女孩吃了一惊。我又说，你这一身红衣服颜色真亮眼，真好看。我当时在心里说，怪不得我这个伙伴为你痴迷，你看你穿的红衣服跟西凤酒标签上的中国红颜色一模一样。红衣服将女孩的脸庞映照得红彤彤，喜气而又热烈。

当天夜里，我的伙伴喝上西凤酒，在雍水河畔向女孩求婚。具体的细节我不得而知，我掂着他喝了近一半的酒瓶，一边看秦腔《李彦贵卖水》一边等了好长时间。后来我的伙伴在戏场找到我，一拳砸向我，哥们，这事成了，多亏咱祖先发明的西凤酒给我壮胆，让我说话不结巴，倒豆子一样将心里话说出来。伙伴贴近我对我悄悄说，你猜人家说了啥，我说这是你俩悄悄话，我不用猜。伙伴说，人家说你到底是喜欢西凤酒还是我。

我没有见过爷爷，爹说爷爷年轻时在凤翔柳林镇的烧锅房当了多年伙计，爹说他也在烧锅房当过多年伙计，都练就一副喝西凤酒的海量。我从记事起，就看见爹娘经常在夜晚临睡前，娘先在脸盆里舀来半盆水，爹娘先后洗过手，再给我洗过手，然后爹用钥匙打开锁着的柜子，然后取出长脖子西凤酒瓶。爹用牙咬开瓶盖，先是在瓶盖里倒上一些酒，打开屋门，去外面，进屋时将瓶盖在嘴里咂得吧吧响，我问娘，爹到院里喝酒去了吗，娘说，你爹是在外边敬酒去了，我问敬谁，娘说你不懂，长大就懂了。爹重新回屋子，上了炕，靠在炕墙的那半袋粮食口袋上，从窗台取过酒在瓶盖子里面小心翼翼倒酒，然后将捏着瓶盖的拇指和食指探进张大的嘴里面，酒进喉咙的一瞬间，爹的眼睛一闭，嘴巴咂着，啊啊叫几声，浑身抖几抖。待眼睛睁开，一下子明光净亮，像换了一个人一样，同样的我在闻到酒香味后身体有了反应，有微醉的感觉。接下来爹又将酒瓶子和瓶盖递给娘，娘靠在墙台上，将瓶盖子放在右掌心里，拇指轻轻压住盖沿一角，小心地倒上酒，娘不像爹那样将瓶盖探进嘴里，而是用樱桃小口一抿一抿，瞬间娘的脸上泛起红晕。我说娘你一喝酒真好看。娘脸转向爹问，好看吗，爹哈哈一笑不回答。但我从爹兴奋的表情上已经看到了回答。

我对爹的敬酒充满好奇，稍大一些，我就尾随爹看爹敬酒，月光下，爹在前院里先捏着盛满酒的瓶盖立一会儿，仰着脸看一会天上的月亮星星，然后轻轻将酒洒在干净的地上。我随后问爹，你给谁敬酒哩，爹说给天给地。我接着问，给天上的谁敬酒，还给地上的谁敬酒。爹说给祖先敬酒哩，也就是你爷爷，你爷爷的爷爷和奶奶。我说他们知道吗，我咋看不见吵。爹说他们肉体埋在土里面，灵魂在天上哩。那一夜爹娘喝了酒，我哭闹着要喝酒，然后爹娘拗不过我，让我喝了一丁点，只感觉头立马飘飘然，然后我产生了想象，似乎看到了天上的祖先。

我开始了喝西凤酒的历史，我发现西凤酒的确与天地万物有联系，每当我跟爹给生产队饲养室割苜蓿，苜蓿地陡然阒无声息，爹停下镰刀的时候，那一定是凤翔西的柳林西凤酒厂开锅了，登时天空大地静下来，云朵静下来，蓝天明净虚幻，飞行的鸟飞着飞着，姿态就变样了，失去了方向感，在天空舞蹈着舞蹈着，然后就轻轻落下来，睡在树上，我看见猫在这个时候就咪咪叫着，红红的小舌头不停舔嘴，狗腾空先用爪子刨挖，然后兜着圈找，渐渐变成转圈咬自己的尾巴（后来我常常想，凤翔的猫跟狗如果跳舞，也许比其他地方的猫狗更优雅更热烈奔放）。酒香越来越醇香，看不见的风将酒香送过来，一浪高过一浪，我的家乡在凤翔的东南乡，距凤翔西的酒镇几十里，每当闻见西凤酒的味道时，心就跟着飘起来。爹给我说，恁娃子将来一定是个酒鬼。

多年以后，我写了《天空上的醉鸟》这首诗，描写了最初喝了西凤酒如梦如幻的感觉：

天空蓝得发醉时

飞鸟从天空倒着飞，仰天鸣叫

像飞吟的诗人

鸟在读一种味道

它或者知道或者

不知道，它自己读醉了

　　鸟落在树上的时候

　　我看见庄子的猫狗在咬

　　自己尾巴，兜圈子醉舞

　　还有些鸟一直朝西方飞

　　飞着飞着又飞回来了

　　身影披挂着阳光的金线

　　那些鸟儿至今在天上飞

　　像极了西凤酒商标上

　　那只飞翔的凤凰

　　爹说得没错，我以后疯狂地爱上了西凤酒，先是喝上酒想飞翔，从大土场跳下来，从树上跳下去（可以算是醉飞），喝过酒骑着自行车体验飞翔的感觉（也算是醉骑）。

　　可是，当我经见了舅爷和大舅喝西凤酒的酣畅淋漓和醉态，我就知道啥叫个小巫见大巫了。

　　准确地说，舅爷和大舅就是两个酒鬼。舅爷家在陇南康县的深山，燕子河从家门前汩汩流淌，将舅爷的醉话顺河流流到十里外更深的山里，而大舅住在阳平关嘉陵江岸边，大舅的醉话传得更远。舅爷和大舅都有两个大酒窝，都是天生的。那一年大哥结婚，舅爷和大舅一行风尘仆仆远道而来，从虢镇火车站下车，爬上又长又陡的虢镇坡头，天已经黑了，路儿看不见了。那时候不像现在，有班车，全靠两条腿走，探亲的路就显得格外漫长。娘急了，一个劲说，你看你大舅，不让接，说路熟得很，闭着眼都迷不了路，咋到现在还不拢。忙让大哥和家门的后生去沿路找寻。爹刚给饲养室的牲口拌过料回到家，拦住了去找寻的大哥和家门后生，说，不忙，赶快将酒瓶子打开，倒上两碗酒。娘痴痴笑了，说，我不信他大舅和舅爷鼻子有那么灵。果然半个小时后，大舅和舅爷一行出现在我家的敞院，大舅头戴一顶蓝帽子，一身土布蓝衫子，舅爷头上缠着蓝丝布，穿一身长袍子，两人的鼻尖红红的，显示出职业酒鬼的特征。大舅说，还是你家的西凤酒香馋和（厉害），十里以外都能闻到。

那一夜，大舅和舅爷开喝，家门颇有酒量的红脸叔叔陪喝，一人一大碗酒下肚，叔叔就不胜酒力了，脖子和脸红成一个颜色。直喝到后半夜月亮星星出来，大舅和舅爷喝得醉眼迷离，渐入佳境，大舅在我家院前院后找寻他那顶蓝帽子，说他的蓝帽子能装酒，月光将我家的土院映照得白亮，大舅的身影跟大舅一起奔跑，大舅看见了影子人戴的帽子，一次次捞不着。舅爷的长袍子在月光下舞影翩翩，映照在我家的院墙上，舅爷在寻找那一只红鸟鸟 (西凤酒凤凰商标)。舅爷说，红鸟在地上蹦跳，红鸟在墙上在树上，舅爷的动态不像大舅那样绕圈子，是一蹦一蹦上山样。大舅在前院找帽子，舅爷在后院子找鸟鸟。也就在这个时候，一阵一阵浓郁的酒香袭过我们庄子的上空，城西的西凤酒厂开锅了，这一瞬间，大舅和舅爷仰起脖子，身子定格了一般，唯一动着的是鼻翼和脖子的喉结，像极了水中的鱼，嘴鼓凸着，酒窝里似乎荡漾的不是月乳而是酒影。似乎好久好久，大舅说，天上到处飘着西凤酒香，舅爷说，他在天空看见了一群群红鸟鸟在飞，有一队红鸟鸟向着他的家乡飞。

多年后，我写了诗歌《那些陈年酒事》，追忆哪个美好的夜晚：

爹最怀念的

是和爷爷在柳林镇

酒坊，喝西凤头酒的时光

爷爷的脸上笑涡飞旋

爹哼唱只会一两句的秦腔乱弹

全忘了伯伯充兵姑姑失踪的恓惶

我最怀念的
是和爹娘在土屋
就着月光品红西凤酒香

爹和娘的醉影摇曳在炕墙
推盏把杯，像极了皮影戏
某一情节的镜像

我最怀念的
还有陇南的舅爷，阳平关大舅
在我家铺满月光的院子捉迷藏

那一夜适逢酒厂开锅
酒香从城西乡飘到东乡，月光如酒
舅爷大舅鼓凸腮帮，像醉鱼模样

后来，西凤酒的感觉不知不觉进入我的作品中。我的主要作品《映山红》《火晶柿子》《飞翔的火鸟》都与西凤酒的色彩不无关系，红色的基调本身有着热烈奔放的蕴意，而西凤酒的神韵本身是飞舞的飞翔的。小说的本质意义在飞翔，生活的神性状态也是飞翔。可以说，家乡的西凤酒不仅让我的生活充满神韵，也形成了我对小说是飞翔的这一个重要观点。

但这仅仅是从西凤酒乡地理而言。西凤酒是有至高的情感地理和精神地理的，它的情感地理是大善大美大爱，它的精神地理是文化自信，气象万千。它就像凤凰涅槃，浴火重生，香飘神州。

我一直认为，西凤酒是凤翔的，也是陕西的，更是中国的，是一个永远的存在。有诗为念：

酒乡与异乡

小时候，以为西凤酒乡
是柳林镇，长大了来宝鸡
酒乡成凤翔

后来到西安
酒乡成宝鸡，来到北上广
酒乡成陕西

多年了，去异乡
西凤酒总比我早到，像等待
我多年，让我误将异乡当酒乡

彪 角

　　彪角是凤翔县的一大古镇，曾经是汉代皇家上林苑。据《史记》记载，公元前 122 年，汉武帝在这里狩猎，和他的卫士在六条路（现李家塬村与东营村交界）发现了一只独角兽，外表酷似彪，而彪是神话传说中的动物。汉武帝大喜，认为这是吉兆，回朝后，遂将年号由"元朔"改为"元狩"，彪角也由此而得名。

　　古时的彪角，是一方茂密的森林地，北有雍河，南有小韦河。前者曾是皇家河，河床开阔，河面浩瀚，从古雍城向东南方向舟船往返，是一条运送物资的有名水路，彪角曾是一个重要的木柴贸易港口，而小韦河在彪角南端，但后来断流，至今留下一道长长的凹形，因为这个缘故，彪角镇有自然村朱家凹，邻镇邻县有豆家凹和白家凹。有林有水，彪角自然是古时的乐园，皇帝喜欢在这里游玩，官宦文人骚客喜欢来这里获取灵感写诗作赋，《诗经》中的首篇《关雎》，就是描写这里的雍河岸边男女相悦的情景，又传说萧史和弄玉常来这里相会。后来这里的人气日渐旺盛，修建家园所用木料增多，加之木柴贸易过剩，渐渐地，彪角人赖以生存的林木贸易营生逐渐转换为农耕，尽管如此，彪角人依然沿袭着喜好山水、崇尚文明的习俗，并在此基础上，又形成了耕读传家的文化风尚。

　　多少年岁月沧桑，多少年风云变幻，彪角在时光的隧道脱胎换骨，发展成为洋溢着时代特色的新城镇，但透过斑驳的历史遗迹，仍然可以追寻出先祖生活与情感的印记。

还是让我们的目光从古雍河开始巡视吧。沿着彪角镇西街彪角中学西侧那条柏油马路一路缓坡而下，不久就会走到雍河岸边，那里有一个村子叫新庄河，村民分别居住在河两岸，这时候，你就会看到一条宽阔的河床，被两岸高耸的土坡所夹抱，这些土坡大多数被利用成农田，还有一些土崖至今留下河水波纹以及岁月的风雨侵蚀的印痕。

由雍河岸边向东慢行，你会发现两岸的色彩开始渐次浓烈，树木庄稼愈来愈绿，土崖呈赭红色，已经变成涓涓细流的雍水边已经出现了越来越多的水草，当然最多的还是荇草，又叫荇菜，这种草，叶子浮出水面，其实还可以食用，这时候，你就可以看见不知名的红鸟或者绿鸟或者灰鸟，在水边啄水后轻轻地飞翔在蓝天白云间，只是这里的天蓝得宁静和醉人。接下来，你就会看见一块20世纪50年代立的碑子，是一块仰韶文化遗址保护区的碑子，你就会恍然明白，这里原来是仰韶文化的遗址区域，大约5000多年前这里就有了群居的祖先，你只要留意，或许会捡到一块远古时代的陶片。你慢慢行走在萋萋的草丛中，细小得如针尖的飞虫会悄然落满你的裤脚或者脚背，这没有什么，你不必太在意，这些小虫子很善解人意，只在你的裤脚或脚背上稍作停留就倏然飞走了，你根本看不见它们去了哪里，或许它们太寂寞了，难得看见来客，只是用这种方式表示友好和欣喜。

接下来，你一定要停下脚步了，因为你的眼前出现了一条深沟，而沟的走向与雍河河床形成直角，你不由转身去沟里巡游，会惊叹这里的沟深且宽阔，会惊异两边的沟崖底那一排排土窑洞，里面还遗留着烟熏火燎的痕迹，而沟中间依稀还能看到一条不太宽的小路，这无疑是这个窑庄子的昔日街道了，你再仔细一点，一定会发现距离沟口几十米处有一口干涸了的涝池，还有旁边的一块地形较高的位置，那里的草丛里卧着一块圆圆的碾盘，上面还留着年轮般的石纹。你站在这个高高的土岗上，风轻轻地吹过来，让你怀疑是远古的风，如果你是个想象力丰富的人，眼前就会开始复原这里的昔日情景，先是人的声息从岁月的深处隐隐飘过来，然后是狗叫声、牛哞声……其实，这个沟是有名字的，叫付家沟，传说，最早在这里挖窑栖居的是一对年轻夫妻，男的帅气而力大无穷，女的貌若天仙，年代可能是先秦时代，也可能是汉代。那时候，雍河水雄壮而又浩瀚，男的在河岸边伐木，女的头顶陶罐去河里汲水，或者头顶圆圆的竹篾筛子去河边舂米，夫妻两人恩爱有加，生了儿女，又有了孙子，千百年后，这里由最早的一孔窑洞，逐渐发展到一条大沟里密密麻麻的窑洞，再以后，这里就有了付家台、康家台、杨家台、黄家台、宋家台等村落，据传说，这几个村落的人是从这条沟以及另外几条沟里的人分化而出的，这里还分化出了一个庄子叫李家塬，又分化出了上李家塬和李家堡。

从沟里返回河岸，你稍息后继续东行，不远处又会依次出现几个沟，情形和付家沟大体相像，只是这几条沟更加显现出临水而建的特征，走着走着，你就会发现眼前猛然更宽阔了，也会发现这里的河床很平缓，河边还有一棵棵巨大的古树，树下有洗衣服的石头，以及石凳，接着，又一个村子在迎面向你走来，村子叫何家，又叫河家，位于雍河的南岸，是一个典型的森林村庄，昔日几乎家家有造纸作坊，生产的黄纸可以写字，麻纸可以包装各种食品，多年前这个传统产业早已经终止了，村民找到了更好的致富门路。

走着转着就到了瓦岗寨，这里的地势更奇特，冯家山地下隧洞从这里出口，雍河河心硬是撑起一条空中水渠，看起来非常壮观，这是 20 世纪六七十年代虢角人民以及凤翔人民集体创造的奇迹，你站在渠道边看洞子的出口，会惊叹这么宽阔的渠底同时并排跑两辆汽车都绰绰有余。当然让你注意的不仅仅是这个景致，你会看见这里的土崖以及与河床成直角走向的土沟里那一条路，这条路一直向南延伸，沟里仅有一两个窑洞，依稀能看出这曾经是条驿道，而窑洞可能就是驿站。沿沟而上，这里也立有一块碑子，也是 20 世纪立的，也是仰韶文化遗址保护区的碑子。

　　这只是你对彪角镇的初步印象，如果你想更深入地了解彪角镇，不妨在这里待几天，彪角人民非常好客，彪角的风土人情非常淳厚，因为笔者就是土生土长的彪角人。

　　此文结束时，我告诉大家一个发现，少年时代，我曾经攀上彪角境内高耸入云的铁塔，看到了彪角镇的全貌，我似乎看到整个彪角的版图就是一只巨大的彪，以后那只彪在我的梦境中多次出现，不同的是，它有时候出现在古时候的雍河畔，有时候出现在曾经水波潋滟的小韦河畔，有时候竟然出现在当代彪角的天空。

第三辑

守望

守 望

多年前，我曾经写过一首《漂泊》的诗，里面有这样一句：是为了生存，还是为了享受，每夜，我都守望着一个方向。方向在哪里，对于当时的我来说，没有可确定性。我似乎就像一头被蒙住眼睛的磨道驴，几乎是执拗地倔强地奔走在黑暗的路途，然后用想象的月光和星光为我照亮生活的路程。

我是从我的乡村出发的，自然我背过已经年老的爹和没有出嫁的妹妹，背过家门的叔叔婶婶们，背过曾经给过我"伤害"和"烦恼"的乡亲，领着我那不被家人和乡亲承认的女朋友，在故乡和邻村的交界处，望着村舍升起的直直炊烟，用泪水告别了我生活了二十多年的村庄。

让我迷惑的是，当我想竭力地远离这块已经不再让我感到有诗意，还阻拦我浪漫的爱情，以及浓浓的土腥气的故土时，我的双脚就变得轻飘起来，仿佛空中的羽毛。我突然变得不大会走路，双腿有点像在月球上行走的情形。晚上睡在床上，老感觉床在动，像一只泊在海边的船。我这才感觉到，其实浪漫和诗意是一种不能刻意去寻觅的东西，就像你望着不远处虚幻的雾，里面充满了浪漫和诗意，一旦走进去，雾就消失了，又在你前面不远的地方。你是看不见你被雾笼罩且具有的诗意性和浪漫性的。多年以后，当我明白，其实，浪漫和诗意就在你的周围，就在你自然的生活空间时，我已经过了而立之年了。

那时候，我已经辗转好多地方，定居在一个山城好几年了，我和女友因为再也刻意找不到诗意性和浪漫性最终分手了。我孑然一身，带着满身心的疲惫以及生活的失意和落寞，在一个没有月光星光的夜晚悄悄地返回故乡。

我是骑着那辆曾经破旧不堪的自行车出发的，灯火辉煌的城市大楼和街道依次向我迎来，又依次梦幻般闪过身后。我任凭泪水冲刷着城市的记忆带给我的伤痛和忧伤。在这一瞬间，我突然明白，多少年前，我像一页纸片漂移在这座城市，如今又像一页纸片开始往回漂移了。

城市的灯光渐渐远去了，我在浓酽得如同泼满墨汁的黑夜，像一只飞行的蝙蝠在夜色里挣扎。

事情突然变得同多年前背弃故乡时一般相似，眼前的方向也变得没有可确定性。路儿看不见，似乎直立成天梯，似乎又宽绰无比。我凭感觉行走在已经坑坑洼洼的路面。我知道，这是一条通向我故乡的古塬路，这条路已经存在千百年，曾经飞满一代代漂泊着的游魂，上面印满了所有漂泊者的足迹，而我只是他们中的一员。我较他们幸运的是，我有一辆破旧的自行车，可为我减轻旅途的疲劳。这样想的时候，我已经下了车子，同样，我的步子变得潦草而踉跄。我想起我的已经逝去多年的娘，在多年的老气管炎病的发作中，一次次从这条路上来回穿梭在家园与医院之间，而我的爹和哥哥一直用借来的架子车一次次将娘送往医院又拉回家中。我想起我 5 岁那年，爹在隆冬凌晨丑时，在架子车里卷上被子，让我钻在被窝拉着我从家乡出发，去接已经去甘肃康县舅家躲饥荒有半年之久的娘、二哥和妹妹。爹怕我害怕，在这条路上给我一次又一次唱《武家坡》里面薛平贵别窑十八载回家相见王宝钏时那几句"老了老了都老了，十八年老了我王宝钏"的秦腔戏。我想起，在上小学三年级时，我和同村伙伴在那年的深冬，早早起来，为了能吃到家里大人两碗麦子面条的奖赏，两人各抱一只枣红大公鸡，迎着看不见对方的夜色，一边用公鸡的身子和羽毛取暖，一边踏着这条道路赶天亮去城里卖鸡。卖完鸡，两人早早赶回。这条黑漆漆的道路上，我们说了多少话，已经记不得了，只记得那两只公鸡此起彼伏的叫鸣声。

　　我在一幕幕漂泊的记忆片段里，不知不觉重新走在那不可知的夜色里。我的心渐渐地沉静下来。然后，我的鼻孔就隐隐地闻到一阵阵熟悉亲切的味道，那是家乡的味道，是一种混合着田野麦子即将成熟的香味以及乡亲们气息的味道。在城市生活的那些年里，每当夜深人静，每当我的心水一样沉静下来，我就能闻到这种家乡的气息了。直到现在，我总是在想，如果让我闭上眼睛，我也能从遥远的地方回到家乡。因为，家乡的味道会引我回到我的出生地和出发点，而这种味道是任何味道也无法取代的。

　　我在贪婪地吮吸这种味道的时候，心头的沉郁开始像冰块一样破散。也几乎在不经意间，明月突然高悬在天空，是那样的银白透亮，星星争先恐后在天空眨着眼。啊，这是家乡的月亮和星斗，仍然像我最初见到它时那样纯净那样令人神往。此时此刻，月亮已经为我照亮了路程，一座座村落在迷离的月光乳晕里，悄悄地酣睡，一条条白亮亮的小路像丝缎织就的带子经纬交错，即将熟透的麦子穗，在月光下闪着银子般的光亮。

　　那夜没有风，我回到多年前我和女友离开家乡与邻村交界的地方时，我们村子里的鸡叫了，也许是欢迎我这个漂泊多年的游子吧，后来我才得知，这是爹养的那只公鸡的叫声。

　　我没有立即走进我们的村子，我久久地站在这个我曾经做出背井离乡的决定的地方，久久望着月色中同样酣睡的故乡，脑海中回响着我给故乡曾经写的一首名为《乡思》的诗歌：

躺在异乡床榻

思绪是一只游动的蝙蝠

仰视你俯瞰你

你是月光中的孤岛

我情感的乳晕将你笼罩

我盘旋在你的上空

你月光中的静态是一尊恬美的雕塑

曾刮脸的风不再冷刺

曾粗野的乡风反而亲切

记忆淡淡地融合在月乳里

变得香甜熨切

啊，故乡

纵使你曾闷得我几乎窒息

纵使你注定长不出翅膀

我的梦注定为你缺为你圆

……

在诗歌的萦绕中，我第一次惊异地发现，原来我的家园是这样富于神秘、富于诗意、富于幻想的灵光。这时候，我的眼前就依次闪过一个个透着泥土气的乡亲们，想起他们当年对我的粗语竟是那样不加遮掩，但包含着深沉的爱和关怀，而这些在当年让我备受"伤害"和"烦恼"的语言，此刻像金子一般，闪着罕见的亮色。

有脚步声像铿锵的音符悠悠传过来，啊，我的爹，披一身月光，精光光的头顶闪着慈祥的亮光。爹来到我面前的时候，我的裤脚已经被露水打湿。爹用手抚摸着我的头，说他早已经听到我的脚步声了，我和女友的事情他都知道了。他一直开着灯、开着门等我，问我还傻站在这里干啥。要想开，爹在你这个年龄还打着光棍哩，我娃，人像竹竿一样活节节哩。

这是我长大成人后，爹第一次对我表现出少有的温存。我没有为这句话落泪，我想起妹妹早年出嫁后，爹这些年仍然像他年轻时候一样，在寂寞中生活，而我却很少回家，不禁泪水长长流下。

那一夜到天明，我和爹睡在我们破旧的土屋土炕上，像小时候一样，父子俩光着身子溜光席。爹用粗糙如同带刺的手摸着我的脊背，我则用细腻的手，抹去爹从眼睛里流出的浑浊的泪水。

发现了故乡原来是个诗意的栖居地，发现了我多年每夜守望的方向原来是故乡，我开始了我生活的重新抉择。我组织了家庭，我那美丽善良的女人为我生育孩子，照料爹的生活。我则像多年前一样，进入省城，开始了新的漂泊生涯。不同的是，我的身在漂泊，心却有方向。我在平实的生活中慢慢享受着生活本身所具有的诗意和浪漫。

又是多少年过去了，当我的生活和事业进入坦途，我还经常回想起多年前的那个晚上，想起父亲以及家乡的月光和星光。

麦 子

一

爹光着秃头，带着我和我的对象麦子来到村南的大土沟里，站在我家麦田的地头。

麦子眼看着黄了，从麦芒到麦穗，再到麦秆，太阳很像是给麦子焗油彩的大师，从头到脚，附之于吹、蒸、烤。眼见着一团团光亮倾泻过去，麦穗眨眼间就膨胀，麦秆根部传来脱水的哗剥声，也可见一丝丝稀薄的云从天空游移，麦浪里瞬间游移着微暗的云影，蚂蚱纷纷蹦到麦穗，随云影蹦移，但五六秒后，云影已无踪迹，蚂蚱逃也似的顺麦秆溜到根部。

晌午时分，太阳自己把自己在天空融化了，白亮得几乎看不见轮廓，看不到半秒，眼睛就被蜇得生疼，心也就提到喉咙眼，几个喷嚏打出去，似乎吸进去火，身体里的水倏然从毛孔逼出，眼睫毛、头发稍汗水晶莹。

爹用粗糙的大拇指蛋在形状如厂字的镰刀刀片上试了试刀锋，蹲下身子，左胳膊一拢，麦秆波浪般入怀，麦穗子浪花般欢跳着，哗啦啦声中，还没看到爹右胳膊抡镰刀，一大捆麦子就整齐地搁在地上。

我没有像爹那样用大拇指蛋试刀锋，腰弯下去的瞬间，左胳膊去拢麦秆子，右胳膊随着镰刀挥下去，感觉麦秆波浪般从我怀里手上滑来，又鱼儿般滑走，只抓住了一小把麦秆，镰刀收起时，一片子麦秆斜倒在没被割倒的麦子上，胳膊被麦芒刺刷得又痒又痛。

身后传来麦子咯咯的笑声。我没有回头看，我知道麦子此时正麻花般扭着旦娃腰，两胳膊左右甩动，长长的马尾发颤微微抖动。

我知道自己此时的割麦动作笨拙又滑稽，用宝鸡话说是"唱旦腰硬，装水烟手笨"，尽管是这样，我依然继续着动作，试图做出洒脱样。

约莫有一锅烟功夫，爹就将我甩下一大截，我割的麦子不到土炕大一小块，茬口高，麦穗子掉落得多，麦子跟着我捡麦穗，不一会，手上，胳膊上被麦芒刺得血丝丝的红肿起来。

我停下了割麦，捧起麦子的手，麦子白嫩的双手被麦芒刺出道道血印，像画上去的。

我对麦子说，你不要捆麦子了，你回家去烧水吧。

麦子用手巾擦着我脸上的汗，扭着腰，坚持要捆麦子。爹看见了，嘿嘿笑着，秃顶上沾着的麦草屑反射着白光。爹让我和麦子一块回家烧水做饭。

二

麦子是我从汉中领回来的未过门媳妇，对我们关中西府的一切很新奇，看见大热天头上包帕子的老女人就笑，看见猪在圈外头拽着铁绳子为半径，以铁镢为圆心划出涟漪的泥糊汤就笑，尤其是我家的那头半大克郎猪，常常喜欢在泥糊汤打滚，吃食时将嘴深扎进食盆底，只露出眼睛，不好好吃尽吹泡泡。猪对吃的不满意，用这种方法表达情绪。爹嘴里叼着旱烟锅，骂着"灌铅猪"，一边抓一把麦麸皮撒匀在猪食盆哄猪吃，猪于是伸出舌头细致舔掉麦皮，间或将头拨浪鼓般抖动，猪食水雾般飞散，爹的脸上额头上秃顶上顿时汤食流淌。

麦子的笑声就更大了，腰弯下去伸起来，两条长长的腿并拢着，与圆而翘的臀部形成一条柔媚的曲线。

麦子说，家里有"灌铅猪"，你就是"灌铅娃！"

我说："那你不就成灌铅媳妇了！"麦子就扑过来拧住我耳朵，马尾发扎着的花手巾摩挲着我的脸。

在我的家乡，"灌铅娃"意为不听话、调皮捣蛋的孩子，跟"环客""水烟客"，意思相近。我将这个方言的意思告诉麦子，麦子就说跟她的汉中方言"赖娃"意味比较贴近。

麦子干脆叫我赖娃了。

我乐意麦子这样称呼我，更喜欢她叫我时眼睛里闪现的那道蜿蜒的电光，如同深不可测的黑夜里的闪电，瞬间就将我的心勾悬起来，身体里的血脉大河小河般急流，仿佛大合唱，我的身心就醉了。

麦子的家在嘉陵江边的一个院坝，一棵桃桃树主干从院边斜斜地伸展上去，到股权处又垂直上升，树冠大而繁茂，与她家的香瓜地呈上下一条线，是望江的好看台。

第一次去她家，刚踏上她家院坎，我的头上就被一棵青核桃击中了，抬头望去，麦子猴子似的在树权上拿根竹竿捣核桃，见我龇牙咧嘴样，乐得手伏在树股上咯咯笑。

我是在槐树皂荚树涝池玩大的，早练就飞速上树。我几乎飞跑着攀上树顶，同麦子在树上初遇。

后来听麦子的家人说，我和麦子算是猴在一起了。那棵击中我脑壳的青核桃我带回了家。

三

后半晌，大土场里，我家那块窄绺绺九分地里的麦子，全部让爹割完了。地里站立着几排整齐的麦捆，像列队的士兵。爹捞起木桶里那把红铜马勺，舀了半马勺大黄水，一阵牛饮，水顺着爹嘴巴和嘴角流淌过白胡须的下巴，再从脖子流淌过光裸的胸脯，在黑灰厚尘的肚子上画出一条白亮的水线。麦子拿毛巾揩去爹额头上和白睫毛上的汗水，然后将这些汗水拧出，汨汨流进干渴的土里，我听见这坨土快活地呻吟着，瞬间就消失了湿影子。我取下爹倒挂在后背褂子上的红铜头旱烟锅，脱下爹的汗褂子用手拧，汗褂子已被汗水潽得硬邦邦的。麦子说让爹回家去歇着，爹滋喽滋喽吸着旱烟，两腮一鼓一塌，像翕合的鱼腮，间或将烟杆子从黑洞般的口里取出，黄磁磁的烟嘴冒出一绺绺稠稠的白亮滑腻的烟雾。爹抬头看了看天，说日头爷还馋火着哩，麦秆子脆，割起来省力，他去割公坟那边的六分地麦子。爹不让我拉他，从地里吃力地欠起身子，拍了拍腿上的土屑，对我和麦子说，甭着急，耍搭（磨洋工）着干活。爹的意思我明白，晚上我还有活要干。我瞅了一眼麦子，麦子没接我的目光，在我腰里拧了一把，我听见她的心在说"赖娃"。

爹一瘸一拐爬出土沟，像一只土拨鼠，我目送着爹，见爹的身影与天空的一片云影重合在一起。爹的身前身后是白绸般的光晕，粼粼闪动波光。

我和麦子开始在架子车上装麦捆，架子车仰站着，两副木辕伸向天空，麦子以前没见过，说像一门双筒炮。我惊异她的发现，说待会我驾辕，你将我发射出去，说不定会飞呀飞呀飞过秦岭飞过嘉陵江，然后落到你家院坝的核桃树上。麦子笑了，身子拧了几拧成麻花状，扑过来拧住我耳朵，说我让你淘气。我闻着她身体里透出的香浪，顿时身体呈现醉态。麦子用眼角剜我，口里说，赖娃，又来了。

"林娃子跟麦娃子耍骚情哩"，远远的有欢快的叫声传过来，我和麦子赶紧分开，见大土场中间的土路上移动着小山般的拉麦架子车。外号叫蔫怪的后生从我家地头过去有十多米，后面跟着掀车子的侄儿，显然是蔫怪看见了，故意耍怪让侄儿喊。到土场口坡头上，那辆架子车放在那棵大槐树荫凉下，蔫怪用褂子搧凉风，小家伙又喊开了，不过这回是一首宝鸡西府闹洞房时的酸曲：

单头飞机双炸弹

咱俩今夜来作战

别看你的弹壳硬

我有我的防空洞

我和麦子窃笑着赶紧在架子车上装麦捆。爹捆的麦捆子实在太整齐结实了，不好装车，装着装着麦捆子溜下来，好不容易装好了，车子没出地头，车轮子在一个小土坑一陷，车身子一闪，麦捆子全翻在地里。

家门红脸叔叔拉麦正好到我家地头，他平时不大言笑，一年四季大多绷着脸，小时候我常跟他睡，他睡觉也是绷着脸的。此时叔叔见我和麦子手忙脚乱样，脸上露出难得的笑容，一边帮我装麦子一边教我。帮叔叔掀车子的蕊香嫂子悄悄在麦子臀部捏了捏，麦子去捏嫂子的，嫂子身子闪到车子另一边，给我使了个眼色，悄悄说，蔫头搭拉跟晒的黄瓜一个样，劲儿尽用在晚上了。嫂子眼波里浮满坏笑。

架子车一趟又一趟将麦捆运到打麦场上。麦场是各家与各家连成一片的大麦场，麦捆子井然有序排列着，远远看去像千万大军，我家的麦捆子列队像一个连队。这又是麦子的发现，她还说我家的这个连队威武，我说是爹的割麦手艺好，扎的麦捆子整齐，应该是麦捆中的加强连队。

四

轻轻地推开小窗

院中洒遍了银色的月光

随着那晚风微微荡漾

送来你阵阵的花香

白兰花啊白兰花

你是多么令人神往

幽幽的芳芬

沁入了我的心房

吃过晚饭，麦子安顿爹睡下，也要跟着我去麦场看场。土路白亮耀目，麦子一路用脚合着我的影子，一边说她每一脚都踏在我的脚印里。麦场依旧保持白天的余温。我没有打开铺盖卷，坐在麦捆上吹口琴，麦子伴着琴音唱那首我们共同喜欢的郑绪岚演唱的《白兰花》歌曲。

麦子边唱边舞蹈，将她袅娜的身影投在麦场上、麦捆上，也将月乳飞溅到我的脸上。我看见天空的圆月似乎低下来，兰花的香味随着麦子的舞蹈在加浓，我身体立马醉了。

麦子的舞随着我口琴声的终止成一个定格。她仰起的脸氤氲在月晕里。

咋不吹了，不跳了。麦垛子后面的蔫怪和几个人同时说。

喜林叔叔，你给我讲跟麦娃子吸糖柿子的故事。蔫怪的侄子又替他的叔叔耍怪。

麦娃子和我并排坐在麦捆上，她听不懂宝鸡的方言，我悄悄在她耳边说，娃要我讲跟你亲嘴的故事。麦娃子笑得身影在麦场上忽而伸长忽而缩短，学着宝鸡话说，跟你一样是个灌铅娃，赖娃！

我说亲嘴的故事没意思，我讲个《铁牛城》故事给你听。

蔫怪的侄子这回不听他叔叔的教唆，喊着，就讲《铁牛城》。

从前，在大禹河南岸，有一个光棍小伙子，住着草棚，靠给邻村财东打短工谋生。有一天晌午，歇罢工，他往回走，在十字路口，看见一条黑蛇咬住另一条白蛇脖子。小伙子同情白蛇，折下一根树股抽打黑蛇，黑蛇嗖嗖嗖逃走了。小伙子将白蛇用树股挑起来送到安全的地方，才回家做饭去了。

第二天晌午，小伙子又经过十字路口，突然看见那里有一个布卷子，展开一看，原来是一幅画，画名叫《铁牛城》，画中有一个美女，美得简直没法说。小伙子回到家，将画钉在墙上，喜欢得不得了，对着画中的美女说，你要是我的媳妇就太好了。

奇怪的事情发生了。第二天小伙子干完活，回到家里，发现有人将饭给她做好了，饭香菜美，非常可口。一连几天都是这样。小伙子在纳闷和兴奋中想了个办法，悄悄爬到树上，看庄子谁来他家替他做饭。等了一中午，也没有等到一个人影，倒等来自家灶房的烟囱冒烟了。小伙子溜下树，不穿鞋，悄悄到窗口，用舌尖将窗户纸舔了个洞，右眼凑近那个洞朝里看，他心里咯噔一惊——我的乖乖！

我卖了个关子。蔫怪侄子急得催我，麦娃子在我腰里拧一把也催我。

这时候，我才发现听我讲故事的人已不知不觉围拢在我的周围，影子也挤成了一个圈，圆月更低了，月光和潮气湿湿的浮在麦捆上，肩膀上，头发梢上，麦子早靠在我身上，手抓着我的另一只手。

那小伙子一看，妈呀，有一个美女正给他做饭。这位美女眼睛大大的，胸部高高的，尻子（屁股）圆圆的，走路风摆柳，身上的香气盖过了饭菜的香味。

蔫怪的侄子打断了我的讲述：你讲的这个美女是麦娃子。

我说小家伙再打岔我就不讲了。

这个美女就是画中的那个人。小伙子留神一看，那幅画还在墙上，少了美女，美女这阵子正在灶房的锅里调汤。他轻轻推开门，轻轻闭住气，像猫一样走近走近再走近，然后用上吃奶的劲扑过来，将美女紧抱在怀里。

麦子的影子叫了一声：赖娃，我都出不了气哟，你去抱你的画中人吧！

五

我没有在麦场睡，我睡在一棵柳树上。柳树在涝池边，跟麦子院坝的核桃树呈同样形态，主干向前倾斜着，适合我飞跑着抵达树冠，刚好与涝池水垂直。我很小的时候，柳树只有碗口粗，我的飞跑上树就开始了，年深日久，这棵柳树就被我塑造成这个样子。树长在我家敞院口，我认为就是我的树。

我在树上睡觉只是我一个人的秘密，知道的是庄子的几条狗和一些鸟，还有周围的楮树、柿树、杨树以及那些被月光漂白的土墙。娘离世后，我对柳树突然亲近，这种情结是因为柳棍触发的，我曾经拄过的柳棍，又叫孝子棍，曾经插在娘的坟头上，后来不知什么原因柳棍不知去向，我就渐渐恋上池塘边的这棵柳树，夜深人静，我在娘住过的屋子再也闻不到娘的气息，就在这棵柳树上睡觉了，柔软的柳叶拂着我的脸，感觉是娘的发丝。

麦子不知道睡了没有。我哧溜下了树，十几步就进了自家的敞院子，月亮正中，我的影子在我脚下飘忽，土厦子屋檐将影子投射到半面窗格。爹估计割麦子太累了，连打鼾的力气都没有了，房子静悄悄的。麦子睡的房间也静悄悄的。我趴在窗台上，用舌头将窗户纸舔了个洞，月亮的光线顺着我舌头钻进屋子，炕墙上那张女明星画影影绰绰，麦子在被子下柔美的卧姿也影影绰绰。我轻轻推了推木门，感觉门是开的。我在门口立了好一会儿，最后又回到树上。

柳树身子噌地动了一下，麦场那边传来了脚步声，还有窃窃的密语，风将声音吹到我耳畔，是蔫怪对他的侄子在说话。脚步声越来越近，渐渐的，我已看到这叔侄俩一前一后的身影。快到柳树下，两人的脚步声听不到了，心的跳动声倒越来越真切。蔫怪朝四周看了看，猫着腰进了我家敞院子，他的侄子随后进入院子。他们在听房，伏在窗台上的四只手白亮亮的。蔫怪顺着我舔开的窗纸洞往里面看，他的侄子踮着脚尖，脖子架在窗台上。他们听了好一会，大概听不到我和麦子的动静，蔫怪悄悄在侄子肩上捏了捏，两人离开窗台，一前一后溜出院子，经过柳树下，两人头发里的旋涡泛着白亮。我一直用耳朵将这叔侄俩送到麦场上，听到蔫怪说，这两人死不吭声，我只看见炕墙上的那张画，蔫怪的侄子说，我啥也没看见也没听见，只听见自己的心跳。

两人的话音刚落，柳树的身子又噌地动了一下，我听到了痴痴的笑声，是蕊香嫂子的。蕊香嫂子平日笑总是用手捂住嘴，不知为何笑声反倒更响亮。她家住在另一条街道，门前是一棵有几百年树龄的老皂角树。嫂子家有头门，嫂子的笑声是伴随着头门开启发出的，我听见红脸叔叔说，悄悄的，甭张风卖簸箕（别弄出大的响动），打搅两个娃睡觉。之后就是嫂子不规格的脚步声和笑声飘扬在月色里。嫂子在我的视线里出现前，先是她家的白狗的影子蹦跳到我家这条街的白亮土路上，白狗的身子倒一下子看不见。嫂子在后面轻一脚重一脚地走，左手捂住嘴巴，到柳树下，嫂子靠树站了片刻，显然是在压抑笑声，她压抑的笑声在身体抖动，柳树跟着抖动，我的身子也抖动。

白狗在院子里转了一个圈子，跟轻手轻脚进院子的蕊香嫂相遇，白狗抱住蕊香嫂的左腿，厮磨着挪腾到麦子睡觉的屋子窗台下，蕊香嫂左眼闭着，右眼顺着我用舌头舔开的纸洞往屋里看，学了一声猫叫，大概听不到动静就又挪腾到爹睡觉的屋子窗台，又学了一声猫叫，然后捂住嘴痴痴笑，她每笑一声，白狗蹦跃一下，从院内到院外，一直到街巷。白狗一边蹦跃，一边望着我，两只眼睛像两只大的流萤，月乳中虚幻又真切。

一切都静下来了，蔫怪和侄子在麦场鼾声一起一落，爹的鼾声成主调，蕊香嫂和红脸叔的鼾声倒像背景音乐。

麦子的鼾声呢，哦，是那曲《白兰花》音符，在星空，如白亮透明的云缕擦拭月亮，大地都香透了。

六

暴雨是在天快亮时来临的，起先是风，将天上的星月吹得东倒西歪，麦场上的麦秸垛和未割的麦子很顽强地坚守领地，身子摇来晃去，根不动不移。

天与地黑下来了，越来越黑，似乎黑得还不够。

一道蜿蜒的闪电，过后是真正的黑，雷声就在更黑处滚动。

麦子啊麦子。

我是从黑处掉落到黑处的，我感觉是掉到了水里，不知道是涝池还是雨水里，我泅渡啊再泅渡，我叫着麦子的名字，叫着爹，叫着红脸叔，叫着蔫怪和侄子，叫着蕊香嫂，还有那棵击打我脑壳的青核桃。

青核桃在土里回答了我。

我是在天亮时候醒来的，我躺在麦子睡的那间土屋里，我坐起来，叫着麦子，麦子不见影踪，我跑到爹睡的土屋，不见爹，我跑到院外，那棵我睡觉的弯柳树不见了，麦场上成了湖泊，麦秸垛一座座泡在水里像一个个孤岛。

大雨下了整整两天。

三天后，未割的麦子、场里的麦子发芽了。

找不见爹和麦子，还有弯柳树，我去找红脸叔。红脸叔也找不见。蕊香嫂摸摸我的头说，烫得沾手。我说麦子和爹，弯柳树，蕊香嫂说已不大记得了，说爹和叔叔早几年已经不在了。我说麦子呢，你还偷听麦子睡觉哩，蕊香嫂说不记得了。

蔫怪和侄子也说不记得麦子。

我去了汉中，我沿着记忆找到麦子的院坝，麦子的家人似是而非，那棵弯脖子核桃树不在了。我问麦子回来了没有。

回答是不记得了。

一天天过去了。

一年年过去了。

好多年过去了。

麦子越走越远，只有涝池边长出的核桃树一年比一年粗壮，也是弯向水面的，酷似麦子家院坝的那棵核桃树。

多年来，我守卫着这棵树，生怕它猛不丁在哪一天消失了。

二十年后的一个黑夜，我在千里之外的异乡城市做了一个梦，那棵弯脖子核桃树消失了。我梦见我的家乡搞拆迁，城市的楼群湮没了我的故乡。

我疯也似的奔走在回故乡的旅途。

一路上，我心里一直喊着核桃树的名字，麦子的名字，爹的名字。

还有我的名字。

两条小溪

（一）

我走出故土，背着黄土高原的乡情。

一条小溪伴我同行，重复着古老而悠远的声音。

小溪流过一个村，又一个村……

我走穿了一双鞋又一双鞋……

哦，小溪。

（二）

啊，我看见了你，也看见了伴你同行的那条小溪。

你简直是个天使，乌亮的披肩发曳动着淡淡白云，红色的连衣裙兴奋了身后的那片桃林。你终于躺下了，深蓝色的草坪勾画出你柔美的身姿。

你在看书。几只彩色的蝴蝶扑在你的秀发上。

我呆呆地望着你。你为什么不望我？

黄昏来临了，你融合在弥漫的雾霭之中，那条小溪依然流淌，泛着神秘的光影。你终于望了我一眼，醉了我这颗不羁的心。

这一夜，你微笑着走进我的梦里。

（三）

清晨，我用豪放的诗句唤起浑圆的日轮。

小溪仍在响，好像在唱。

我读一本小说。

鸟儿嬉闹在桃林，四处弥荡着桃花的芳馨。

你没有来。

日头休息了，鸟儿飞进树林，天地间朦胧了。只有两条小溪仍在唱那支永远重复的歌谣。

月儿出来了，挂起了无数思绪。

（四）

小溪毅然伸向前方。

它似乎嘲笑我。

我这是怎么了，眼前闪动着你火焰般的倩影。我写了一首诗——

两条小溪相识

你和我相遇

我的脑际拍下了你的风姿

你此时又在何处

而后，我靠在一棵树上，望着小溪流向远方，渐渐地，这条小溪与你伴随的那条融合在一起。

我和你能走到一起吗？

我做了一个梦，梦见你伴我同行……

（五）

醒来，你竟在我的面前。啊，月色真清，你的脸像银盘。

你笑了，比听唱歌还舒服。

"你……"我不知怎么说。

你仍在笑。笑声袅袅飘进星空。

"你笑什么？"我问你。

你笑得更厉害了，月夜里，那双眼睛，是一对星星。

"你家在那里？"我岔开话题。

"……"你不语。

"你叫什么"

"……"你无言。

"你没有上学？"

"你真像个查户口的。"你终于说话了，音调像夜莺的婉鸣。

"你一个人不怕吗？"

"你不是人？"

啊，这姑娘真顽皮！

"我回去了！"

怎么，你要回去了？我禁不往前走一步，你马上后退一步。"哦，你怕我？"

"谁怕你了，你哪像个男子汉。"

我不像男子汉，哦，哪点不像，怎么？哪来这件衫子，女人的衫子，哦，还有香甜的气息，啊，一定是我睡着了你给我披的。

你又笑了，倏忽间，飘到我近前，轻轻取掉衫子，像一条灵活的鱼儿飞快滑走，只留下由近及远的笑声……

（六）

两条小溪汇合在一起。

一座独木桥横在你我中间。

你顶一朵白云，我顶一朵白云，清澈的水面扭动着你的身影。

我走，你也走。我们走在桥中心。目光燃烧了，我一阵晕眩。你抓稳了我，我抓稳了你。

溪水醉了。

独木桥驮着两颗醉了的心。夏风吹来了，吹醉了黄昏，吹来了一个爱的黎明……

（七）

"我知道，你也写诗？……"

我点了点头，又惊疑地望着你。

"你真傻，在溪边待了好几天。"

"你……"

你快活地笑着。突然不笑了。

"告诉我，你的大名。"

"文墨。"我说。

你先哦了一声，拍着巴掌笑起来，"真想不到，你就是小说《小溪》的作者。那篇小说我看了好几遍。"

"真的吗？"我有些飘飘然，同时又细细地凝视着月光下扑朔迷离的溪水，我忽然惊异溪水之响亮，定神才悟到这原是两条小溪汇合而成。这绝不是家乡那带黄土泥沙的小溪了，里面融进了她……哦，她家在哪里？

"你在想什么？"你靠近我，我闻到了你头发里幽幽的芳香。

"我是想，你——"

"我是一条小溪。"你抢过话头，顽皮地挽着我的胳膊，像一个小妹妹，"你呢？"

"我也是一条小溪。"

"两条小溪流在一起……"你不说了，身子倚在我身上，喃喃地说："你说呀。"

我的心跳加快了，感到了那温软的身姿。我万没有想到，我竟充当了我小说中的主人公。

于是，我们的血液流通了，呼吸沉重了，啊！你的眼睛，芬芳的唇，求求你，快闭住眼睛吧，我的心要烧化了。

"你说呀！"你轻轻摇着我的肩膀。

我的全身在战栗，嘴也哆嗦着：

"我是一条小溪。"

"我也是一条小溪。"你温柔地说。

"两条小溪流在一起了。"

"你里面有我。"你望着我，等待着。

"我里面有你。"

两条胳膊勾上我的脖子，紧接着，你那巧嘴也凑上来，销魂了，星空旋转了，一切不复存在了，世界变成了一片空白……

（八）

月亮升起来了。

我们跟着月亮。

欢快的小溪又跟着我们。

我知道了，你生在城市，喜欢写诗，也有小小名气。

你谈《简爱》，冰心、丁玲……

我谈莱蒙托夫、泰戈尔、海涅……你谈象征派、意象派、朦胧诗……

我谈结构主义、存在主义、黑色幽默……

你谈城市改革、三次浪潮……

我谈万元户、农民企业家……

"月亮真圆。"你说。

"它在你眼睛里。"

"嫦娥果真有？"

"有，月亮上还有小溪呢！"

"我们能上去吗？"

"我想能的。"

"那怎么上？"你撒娇了，扭动着身子。

"闭住眼睛，想象吧！"我摸着你的肩头。

"啊！真的，一闭眼，我就上去了。我还看见了嫦娥。"你天真地说。

"你也闭上眼睛，让我们一起上月亮吧！"

梦里，我们双双飞上了月亮。

（九）

我们终于没能上到月亮上去，月亮也早就不见了。天地间雾沉沉的，小溪泛着昏暗的波光。

天气还有些冷。小溪里还漂浮着几片落叶。

风响起来了，树林子里一片呜呜声。

你突然抱住我："我冷。"

我搂紧你。

"不，心里也有些冷。"

我望着你的眼睛，柔和中竟浮上一层惘然的神情。天空灰暗了。你在我怀里哆嗦，心冷地哆嗦……

我们无力地走着，沿着小溪走着，树叶在窸窣着，你的长发拍打着我的脸颊。啊！你不走了，脸色是那样的苍白，气色是那样羸弱，像老了许多，眼睛呆呆地望着前方。

　　顺着你的目光望去，我的心撞在一块坚硬的石丘上。黑色的、狰狞的、仿佛一只爬在地上的张大口的猛兽。那小溪被它吞进口里，便分成两股分道而行。

　　我们没说一句话。

　　我们没勇气看那两条分道的小溪。

　　我们抱在一起，颓丧地靠在树上。

　　我们闭住眼睛——

　　可那两条分道而行的小溪竟出现在脑际。

　　啊！小溪！

那片苜蓿地

褐色的、馒头般隆起在原野上的密麻麻坟冢，在村南。那里是一片苜蓿地。

记不清有多少次，我站在村口的碌碡上，望着蓝天下那块墨绿的苜蓿地，那一座一座、三五成群的坟墓出神。驼背伯告诉我，那些紫色的苜蓿是用血滋养的，那些坟是人从地里给顶出来的。

苜蓿地陡然间变得神秘。我躺在这个绿毯般柔凉的世界，周围是浓郁清润的苜蓿香味，仰望蔚蓝深远的天空，心悠悠然飘飞在绿云间，忘了菜笼，忘了伙伴……而当细雨霏霏的日子，我和伙伴又赤头赤脚扑进那片苜蓿地，任雾蒙蒙的天空飘下的雨丝在脸上挠痒。苜蓿绿得紫透，茎儿肥嫩欲滴出绿水，叶儿眼眨着就大了，珍珠似的雨点从苜蓿的叶茎滑落。拧身四顾，看不见五六步以外的地方，灰白色雾雨罩着苜蓿地，似乎只有苜蓿存在着，一切都隐去了……

到了苜蓿旺季，队上总是让驼背伯去看守，他那杆油黑的老土枪，在空中炸响，吓得鸟飞獾躲。我们老远就捂耳朵。

苜蓿的味儿很诱人，一天黑夜，我们悄悄地聚在皂荚树下，不穿鞋，不提竹笼，挎上书包，一个跟一个，沿着城壕边沿，绕一个大转圈，哧溜溜过大水渠才爬进苜蓿地。夜很黑，那片苜蓿比夜色更黑，手指悄悄伸出去，露水在黑暗中从苜蓿叶尖凉飕飕钻进手心，不一会，手滑腻得揪不上劲，须不时地在裤子上擦。四周静得怕人，苜蓿的断裂声却脆响。突然一道火光，幽幽地从地下钻出，无声地飞起，正愣神间，一个伙伴惊叫："鬼灯！"我拔腿就跑，迷糊糊一脚悬空，跌进渠中，脚就木然了。我没命地哭叫。

"崽娃子，甭怕，那不是鬼灯，那是磷火。"

我躺在炕上，脚面肿得胖乎乎的。驼背伯坐在炕沿讲故事。

"那炮弹凶得很，一下子将你六爷的马房炸了筐箩大的窝窝。"驼背伯先是眯着眼，半张着嘴，白胡子颤悠着，然后，喉咙发出炮弹飞行时的声音，再猛然"轰"的一声，脖子一梗，腰杆却不能挺立。

驼背伯给我讲的是解放彪角这个故事：国民党反动派胡宗南部队的战壕在雍河南岸，解放军的战壕在那片苜蓿地里。驼背伯的黑脸绷得怕人，他把那杆老土枪支在炕边，左眼紧闭，右眼紧盯前方，学着那次战斗中机枪手刘大个的姿势。

"打！"驼背伯一声呐喊，嘴巴飞也似的哂哂起来，腮帮子极快地颤动着，他一下子变成那位机枪手刘大个了。

"仗打得很紧，机枪手刘大个从李嫂家里奔出，头顶着一块没有烙熟的锅盔，一边飞往阵地一边狼吞虎咽。嗖嗖……一梭子弹掠过，锅盔馍穿了好几个洞。"

"仗打了一天一夜，敌人的迫击炮将苜蓿地炸得到处是坑，但没有一个敌人能走进苜蓿地。战士们的鲜血将苜蓿染成红色的。激战中，乡亲无法送饭，饥渴难耐，苜蓿就成了最好的食物。正是四五月，嫩生生的苜蓿嚼在嘴里真香哟……"

驼背伯讲到这里，嘴不停地咀嚼，一绺涎水竟流出嘴角。

"那才是最香甜的苜蓿啊！"

"那刘大个呢？"我问。

"死了。同他的战友一起埋在了苜蓿地！"驼背伯的脸色蓦然阴沉下来，一汪浊泪在眼眶里转悠。

我很为刘大个的死伤心，不知多少次望着苜蓿地遐想。

　　几年后，驼背伯死了。听别人说是躺在一座坟旁抽烟，一口痰上来咳不出死的。那坟就是刘大个的。原来，驼背伯就是在那次战斗中负伤后留在村里的解放军战士，治好后受伤的背驼了，就落脚成家。

　　驼背伯安葬在苜蓿地里。我们村所有的死者都葬在这里。苜蓿一茬又一茬，我长高一截又一截，而坟堆也在一年年增加着。徘徊在坟头与坟头之间，似乎走近那发黄的岁月，逝去的情景闪电般在脑海中复活：那反绑着双手从大槐树下走来的先祖，刀枪剑戟在烈日下闪亮，马蹄阵阵，黄尘蔽日……刘大个、驼背伯，妈妈……汇聚成一条涌动着的历史长河。

　　我走出苜蓿地已经好远好远了……又走进苜蓿地很深很深……

难忘茸茸

少年时代，我曾经爱上一位姑娘。

事情的经过很简单：那年正月初九，我与同村同校的伙伴一起走亲戚，见到她的表姐，就没有将魂带回来。

他的表姐很像扮演电影《小花》的陈冲，有十八九岁年纪，留两根长辫子，见我们来了，忙从热炕的被窝里钻出来，腾地跳下炕，穿上鞋，从窗台拿过笤帚，唰唰扫掉我们各自帽子上和身上的雪，两辫子一甩，出门去，不一会儿，门帘被她用臂肘一拨，饭菜就端进来了。吃完饭，她跟我们坐在炕上扯家常，得知我没有母亲，她好看的眼睛里就闪出泪光。然后问我衣服谁洗，冬衣谁做。这一天的时间过得飞快，到我们该回家的时候了，我突然有了种依恋的情绪。临出门时，她用手抚摸我的头，摆弄我衣服时说："甭急，纽子快掉了。"就从架箱子的板上取过针线笸箩，找出针，将老皂角上缠的线头抽出，用嘴抿了抿，左手捏针，眯着眼，用右手上捏的线头穿过针鼻子，就让我坐在炕沿。她身子凑过来给我补缀纽子。针线的丝丝声好听极了。缀牢纽子，她在线上打个结，用嘴咬线的当儿，头贴着我胸脯，刘海痒痒地扫了我的脸，我闻到了她头发里兰花的香味。

从那天开始，我仿佛一下子长大了，总喜欢同伙伴说起她，听说她爹娘都不在了，更生出同病相怜之感。每当静下来，她的音容笑貌，总让我呆想，无数次重复着回想，永远充满新奇激动。后来，我总感到有人窥视了我的秘密，就避开同学，一人独行。那段时间，我几乎每个星期天都往镇上跑，希望能看见她。但每次都失望而归。有时想到干脆去她家，又没有理由，更没有勇气。

终于有一天，我产生了一个大胆的念头。

那是清明节的夜晚，下自习铃一响，我出了教室，先进了厕所，为了使同村学生都走完。出了校门，走到转弯处我还没有忘记左右扫视，在确定没有人看见我的时候，撒腿就跑。

我要去的地方就是她的村子。

五六里路，我跑跑走走，神使鬼差般，路上跌了几跤，压根儿就没想到害怕。到她的村口，我坐在碌碡上，心咚咚跳。

我是鼓了好几次勇气才偷偷走到她家敞院的椿树下的，依着树干，我看见她房子窗口还亮着。窗纸上映着她的身影，听得出嘶啦嘶啦地纳鞋底声，还有她拍拍被子的声音，显然，她的侄儿由她晚上照管。我就这样一动不动，沉浸在幸福中。不知过了多长时间，灯灭了。

我是在很幸福又很依恋的心情中离开的，路上，我走得很慢，一边回味一边兴奋地哼曲。走到我们村口，突然想到夜深没法向家人解释，决定睡在打麦场的麦草垛里，天不亮就去学校，家里人问就说昨夜留宿学校。

一晃快放暑假了。这段时间，我夜里去过她家院子好几次。又一个夜里，我来到椿树下，正当我沉浸在幸福中的时候，门吱嘎一声，紧接着听她惊慌地喊："谁？"

我第一个反应就是跑，像做了贼似的，越跑越快，老觉得后面有人在追赶。跑回家里，把熟睡醒来的妹妹吓了一大跳，问我发生了什么事，全身水淋淋的。我极力掩饰说没事，妹妹越是疑心，要去饲养室叫爹。我拼命拦阻。嫂子被惊醒了，见我这样，说是我中了邪气，又是为我头上喷凉水，又是点纸送鬼。

第二天我没去学校，怕看见同学。怕露出这个难于人言的秘密。让同学代我请了假，在家里待了两天。第三天我去镇上，正值礼拜又逢集。我像一个丢了魂的人。在街道寻过来走过去。集快散了，我还在搜寻。

当我刚从新华书店门口走过，目光移向与此相连的小巷时，蓦然，我全身的血液涌上了头顶。我看见了她，还有推车子的一个小伙子。她与他亲密的样子，让我的头顶轰过一个炸雷。

几步之距，她也看见了我，那种我在记忆中重温了多少遍的慈爱闪在她的眼睛里。她走近我，用手抚着我衣襟的当儿，我只觉耳朵失去了听觉……

于是，在那一年的暑期里，我几乎像一个夜游神，在村庄的田野来回穿行，那声声揪心的杜鹃鸟啼，伴随着我的哀嚎……现在想起来，还要感谢《钢铁是怎样炼成的》这本书，保尔·柯察金的精神让我走出单相思的误区。

一晃多年过去了，我已经成了家，那段荒唐的单相思也成了历史。但我常常回忆起那段岁月，回忆那种近乎疯癫的痴情。每当这时，她就像一团白云，在那棵高大婆娑的椿树顶端，飘到我的记忆天空，让我更加牢记这段十分短暂而非常幸福的冲动，那份单纯幼稚却纯净美好的真情，以及她那个茸茸的名字留在我心中永远的温存和暖意。也许，她压根儿就没有感知到我对她的爱意，永远也猜想不到那个让她惊呼的夜晚出现在她家院子椿树下的人影就是我；也许她早已失去了当年的韶华，只一个心思操持着压在肩上的生活担子和一天天长高的儿女。但在我的记忆里，却忘不了永远年轻、美丽、圣洁、可亲的她。

大 哥

  大哥，我在心头轻轻呼唤你，随之我的身心就充盈了一股暖流，多少年来，每当我在内心叫着这个称呼，我就立即会被来自天地间和四面八方的幸福感所笼罩，大哥这个称呼对我来说太圣洁了，已经像血液一样进入了我的生命里，成为我在尘世间最珍贵的拥有。

  窗外的月亮光洁妩媚，春天的夜晚万籁俱寂，飘来油菜花、桃花、苹果花浓郁的芳馨，在这样的夜晚，大哥，我对你的思念像家乡的西凤醇酒一样悠远绵长。书房的电脑桌面闪着柔和的光亮，网络歌曲是甘萍演唱的《大哥大哥你好吗》，每当我想念你，总喜欢一次又一次听这首歌，那优美动听的旋律让我深深感动，并将我带进那些刻骨铭心的深情岁月。

  遥远的记忆里，我是在老屋的土炕上，腰里绑着布带，另一端系连在木格窗框上，我爬在土窗台上，贪婪地望着院中的那棵椿树，鸟儿在树冠的枝叶间飞来飞去，同我说话，我在春天的阳光里发出稚嫩的声音，那是我的渴望和呼唤。鸟儿能听懂我的话，知道我在一遍又一遍地叫"大哥"。啊，大哥，你是我那时最热切的等待，我能从天地间所有的声息里辨别出你的脚步、你的呼吸、你衣角的窸窣声，我能在尘世间所有的气味中辨别出你的味道。那是一种甜丝丝的味道，调动起我全身心的一切感觉。每当太阳正中，椿树的叶隙下投下一束束光线，甜丝丝的味道就从远到近、由淡渐浓，伴随着你的脚步声，将我围裹。大哥你收工回来了，你总是比爹娘早回家，兜里装着给我买的豆豆糖，一次又一次用甜蜜的诱惑让我叫大哥。现在想起来，我最初的巧嘴乖舌和我后来的能说会道乃至现在的话语力量完全得益于你的启蒙，也使我用毕生的心血实现我给这个世界上奉献甜蜜的语言和甜蜜的情感。

大哥你还记得吗？多少个夜晚，我是从娘的怀里钻出，躺到你的怀抱里睡觉的，我是在同月亮说了好久的话，寻不见白天的鸟儿，用手抓娘的脸，被娘拧疼屁股后去找你的，只有你对我的心事洞若明了，我抓你，揪你，你从来没有发过火，我拉着你指着天上的星星、月亮，你就耐心的给我讲天上的桂树、绱鞋老头、嫦娥，我要去外面，你抱着我在院子转，让我多少次在你的摇晃中睡去。

你还记得你当铁路工人离开家的那天早晨吗？娘在灶房给你烙锅盔，你扯着风箱烧火，你的同伴坐在木墩上等着你。娘很高兴，但掩饰不住难过，不时地用布遮腰揩眼泪，只有我，将自己蜷在被窝里偷偷地哭，我那是已谙时世。知道你这次要去很远的地方，我知道再也不能用过去的哭闹、打滚号叫等示威的方式留住你。大哥你当这个工人太不容易了，一次又一次当兵，招工的名额被别人顶替，为此，娘扯开嗓子在村巷大哭惹得咱们一家人流眼泪。这一次你终于如愿以偿，我还敢再闹吗？

从你招工到离开家，那段时间，我天天跟着你，如你的影子，你带我去邻村的同伴家，带我去镇上，给我买糖，买八分钱一碗的素面，我还吃了一碗一毛二分钱的肉面，我多次问你，你要去的地方远不远，比你去修水库的地方远吗？你每次说不远。只有在一个夜里，我从梦中醒来，听娘对你说，出远门要照顾好自己，我才知道你去的地方很远。

大哥，那天早晨，你走的时候，进屋来和我告别，我紧紧裹住被子不放手，我在哭着，用脚蹬。你说给我要买不少好吃的，我都不为所动，后来娘送着你和同伴一起走出了屋子，我急忙蹬上鞋远远地跟着你，为你送行。

从此，我的生活就充满了等待。我多次问娘，你什么时候回来，娘总是哄我说快了快了。我问爹，爹说你过年就回来了，但那年春节你没有回来，你来信说工程上任务紧，看秋天能不能回家。那时候我已经上小学一年级了，每当放学回家，每个下午都会想起你，我从我学会有限的字里写着：大哥在秋天回家。后来每天在纸上要写上这样的话。秋天你终于回家了。那天下午我是在村外与同伙玩耍中得知这个消息的，我记得当时自己的心猛然一热，就向家里飞跑，感觉中身子仿佛飞起来一般。

你比过去高大了，洋气了，从头到脚被铁路服衬托得格外英俊。我气喘吁吁地跑到你面前，竟然激动地叫不出大哥了。你惊喜地走过来，抚摸我的头，又蹲下来将我抱起，问我咋不说话。我哭了，眼泪像小溪流一样顺脸颊流淌。你给我买了不少东西，糖和饼干，还有小人书，但我对这些东西已经很不关心，我关心你有多少天假日，在得知你有 20 天在家休息的时间后，我一切的行动都围绕着你。可是相聚的时间像长了翅膀，20 天一晃就过，到你临走的那天早晨，我早早地去学校，躲在没人的地方，悄悄地流眼泪。

你回单位去了，我清楚地记得你的单位是耀县瑶曲铁一局一处五队，后来才知道你们处在渭南，你总是随工程队在流动。你回单位半年后，我第一次用尽我当时的文字水平给你写了一封信，尽管老师还没有教我们写信，我写的信可能很不像样子，但很快就收到了你的回信，看得出你很惊喜，对我的鼓励也跃然纸上。也就是从那时开始，我的语文成绩一跃成为班上最好的。

大哥，在我整个少年时代，你是我的楷模，你的稳重和从不言苦，你的豁达和温情像涓涓细流，沐浴着我的全部身心。那时，娘一直患气管炎，爹和你以及二哥的所有努力，都不能使我们家庭的生活状况改观。你最辛苦，在铁路工地上不但要承受高强度的体力工作，还要操心咱们全家的生计，可我从来没见过你脸上有愁容，没听过你一声叹息，就是后来你结了婚，我有了大侄儿、大侄女，你也总是那样温和自信，对我倾注了一个大哥真切的爱。记得我上小学三年级的那年暑假，我腿腕上长出了一个肉疙瘩，需动手术割掉，你知道后特意请假从单位回家，领着我去卫生院，怕我害怕，一路上你对我说打上麻醉针一点都不疼，又给外科医生不断叮咛。我做手术时，你特意说服医生，守在我身边，用手绢揩我脸上不断流出的汗水，你是那样镇定，鼓励着我，使我从动手术开始到结束，没有喊一声疼，更没有流一滴眼泪。多年以后，我和你说起那次手术，你告诉我，当时医院根本没有麻药，你其实心里一直很紧张，担心我会疼得受不了，你说这话时，眼里闪着泪光，你说从那时起，你就知道我是很有毅力的孩子。

多少年过去了，你从河北到山西，从山西到山东，从山东到新疆，从新疆到湖南，从湖南到广西……几乎踏遍了祖国的大江南北，我们总是相聚又分离，分离又相聚，你对我的关爱却从来没有间断过，永远像对我小时候那样，温暖甜蜜。我的求学，婚姻家庭，我的事业都充满了你的支持和关怀。

大哥，你是最优秀的，你过早地承担起我们家的重担。从你对爹娘的孝心中，我学会了做人的根本，从你博爱的情怀中，我学会了在事业和生活上怎么去处世，怎样以平和的心态去对待自己的人生。我常常想，我拥有你这个大哥，是我今生最快乐的，也是上天对我的恩宠，也是因为这个，我对大哥这个称呼充满了神圣感。

夜已很深了，春天的夜晚温情恬静，花草的芳香悄悄袭来，仿佛大哥的温情。不由使我想起几十年前你抱着我在院中看月亮、数星星的情景。你甜丝丝的气息和醉人的温情，充盈在我此刻的书房。我深深地吸了几口烟，悄悄关上阳台窗户，从电脑上打开 QQ 号，在给你的留言中留下了我深情的文字。这时候，我的内心就像小时候给你写完信那样，充满幸福感和甜蜜的等待。

雪花在叫

　　老式木门吱嘎一声，在开启的同时遮盖住了房间通住厨房的土门洞，雪花欢呼着，舞蹈着，争先恐后涌进屋子，屋梁上的勾搭（用树丫加工成的木勾子，可以挂东西）哒哒哒叫起来，挂吊的竹篾笼子像摆动的吊钟，墙上木楔上挂着的麻团舞起来，像墙上长出的胡须，二哥的铁环滚动起来了，在脚地（土屋子里土炕以外的地面）自如转动，在薄薄的雪面留下浅浅的印痕。

　　雪花推开屋门之前，我正爬在土窗台，透过木格窗破碎的窗纸望着白茫茫的天空，白云暖靆，看不出一丝缝隙，云团浑然一体，成为一种云光。雪花纷纷扬扬飘落下来，院中的椿树像是从厚雪中长出来似的，白胖胖的，股权变成了一条条纵横相交的雪路，麻雀在上面一蹦一跳地走，还有枝节也幻化成了行走的人，雪路有多么白，枝节幻化的人就有多么黑。麻雀连身子带雪从雪路上滑落下来了，在树下的雪中扑棱棱打了几个滚，飞到窗台上，又扑棱棱抖动全身，将雪沫弹飞在我的脸和脖子上。我想跟麻雀说话，它喳喳叫着飞到屋檐去了。也就在这个时候，雪花推开了屋门。

　　雪花在扑涌进屋子的一刹那，也将亮光涌进来，我连打着喷嚏，雪花的欢叫声与我的欢呼声此起彼伏，我在飞扑过去迎接雪花的同时，被系在腰间的布带拉弹了回来，一只脚踏在核桃木做的炕边，坐在炕中间。我听见雪花大笑了，打着旋在从屋门涌进，最先进门的雪花飞到我的脸上，凉生生的，我用嘴去亲，用舌头迎接，看不见了，相继涌进的雪花绕屋梁飞舞，雪花越来越大了，能在我手心停留一会儿，落在炕边的，柜子上的，脚地的，很快白亮亮的一片，我用双手在炕边抓雪，雪团在我手心吱吱叫着，变成晶莹的冰坨子。

那只麻雀从屋门飞进来，进门时醉了似的在屋门框上柜子上左冲右撞，叫声急促音节短促，它是在冲撞中不停地叫。好不容易落脚在屋梁上吊着的竹篾笼子，望着我仍在叫。

我望着麻雀，麻雀叫，我也叫，喳喳喳，啊啊啊，雪在应和着我在叫，呜儿——呜儿——呜儿。麻雀跳到了炕上，雪已将席子盖住，麻雀打了几个滚，像从院中的树上落在雪地，扑愣愣抖动着雪花，又跳到被雪盖住的被子上叫，我知道麻雀叫着让我钻进被窝，我的手却动不了，紧紧抓看雪松不开，雪花叫声越来越不真切了，我的胳膊上腿上脸上全是雪，我的叫声渐渐小得自己也听不见了。麻雀又飞到我的手上叫，叫的只是她的嘴，我进入无声的世界。

多年以后，娘总说起这个大雪天，说是那天下午她正跟生产队社员在大土场拉土，一只麻雀围着她不停在叫，婶婶正帮娘用铁锨在架子车里装土。娘对婶婶说，这是常来我们家的麻雀。婶婶说麻雀都一个样，你真会说笑。娘说错不了，一看这麻雀眉毛眼睛就认出来了。两人愣瞪一下，同时拼命往回跑。那时候地面一片雪白，连路也没有了。

我对娘说我知道，是麻雀将你叫回家的。娘问我害怕不，我说一点儿也不觉得怕。娘说冷不，我说一点也不觉得冷。我说雪花也跟我说话，娘说那是风声。我坚持说是雪花的声音。

那是我记忆中最初的一场雪，雪花在叫，一直叫到现在。

小纺车

空房一角，冷落着一辆破旧的小纺车，不知多少辈了，连妈妈的婆婆也说不清。

亲爱的妈妈，曾用小纺车摇甜我均匀的鼾声，摇绿我童年的梦境，摇暖了冬天的小屋，摇凉了夏天的树荫。

可是，在一个寂寞的冬夜，小纺车纺出了妈妈的呻吟，豆点般的油灯苗变成灰烬，树梢上的月儿钻进了云层，而我的脸颊，第一次留下了温热的泪痕。

黄土塬埋葬了我的妈妈，埋葬了凄婉的纺车声，只有小纺车没有被埋葬，十年了，岁月给它落满了灰尘。

又是一个月圆星朗的秋夜，优雅的电子琴音乐中倏然融进了悠长的纺车声。啊，多么动听的声音，那深沉隽永的旋律，那凝聚着深情的音色，分明在娓娓地讲述着一部动人心弦的历史。我惊异了，推开了房门。啊，原来是妹妹！此刻正坐在纺车前黯然神伤，手指间夹着白亮的棉捻。我明白了，过着舒适的生活，欣赏着电子琴音乐的妹妹，并没有忘记在艰难中逝世的妈妈。

我没有去打扰她，悄悄走出小院，望着星汉灿烂的天幕，逝去的记忆蓦地闪在脑际。我想起了妈妈，想起了那些被纺车摇过的年轮。啊，妈妈！你虽然没有带走小纺车，但却永远带走了它辛酸的呻吟……

迷离中，我似乎又听到了缕缕悠长的纺车声……

秀 秀

秀秀原名秀琴，二十多年前我与她相识，次年腊月三外爷想把她给我撮合成媳妇，结果是未等她表态，她的父母回绝了此事。

她是燕子砭的人，家居岛湾村。岛湾村是一个很好的风景区。嘉陵江水温柔的绕过岛湾山脚流向广元。

第一次看见她，是在她家的老院子里，她大约十六岁，眼睛黑亮，睫毛很密，嘴巴小巧，白嫩的脸蛋上有一层茸毛。她穿了一件肩膀露肉袖子上打着补丁的花袄和同样打着补丁的灰色裤子，这说明她家当时的生活条件相当困难。

秀秀长得很有灵性，性情也很有灵性，看我是偷偷地看，说话时掩饰着羞怯轻轻地说，偶尔用眼睛盯我一下，待我迎接她的目光时，她却将视线极快地滑过去。

那时我很笨拙，不晓得讨女孩喜欢的策略，但是寻爱之心时时骚动。我装着随意的样子，让她和我上山玩。她没有去。我一个人气喘吁吁地上到山顶，一边吹口琴，一边回首寻觅她家的院舍和她的身影。那次与她相处时间最长的是有一回随她家人去坡上种麦。她挽着裤腿，干活很卖力，脸上泛着好看的红晕，我因为能随时目睹她的芳容，帮她捡地里的石块也就很卖劲。还有一次是在夜里，她坐在灶房架火煮肉，我一边翻她上学时的课本和作业，一边同她聊天。收音机响着，正播放着黄梅戏《天仙配》，音乐如泣如诉，委婉动听，伴着外面淅淅沥沥的秋雨，让我陶醉在这一片柔和的氛围里。

　　回家的日期终于到了，天还未亮，我起身吃了她妈给我做的饭，临出门时我还希望能看她一眼，但那时她在床上，不知是睡着还是醒了。

　　走在丁家坝车站的路上，我不断回头眺望晨曦中渐渐清晰的岛湾山水，不断回想着她的音容笑貌，坐上火车也心神不宁地思索了一路。

　　她没有给我一丝暗示和心理默契，我的心情是黯淡的。

　　次年冬月，我又去了一趟她家。她家的老院坝被暴雨袭击垮了，住在队里的仓库里。她家正在修房子。其间，三外爷又想当媒人将我和她撮合在一起，她家父母没有答应。

　　此后一晃二十多年就过去了，我断断续续去过她家两三次，先后见到她的四川丈夫小付以及她们的两个孩子。秀秀已由少女变成了少妇又成为孩子的妈妈，先前的娇羞消失了。她高了胖了成熟了稳重了，但眼睛里的那团光亮依旧。去年正月间，她和丈夫来我家走亲戚，几个晚上都是热热闹闹耍到半夜，消除了二十多年前的一切拘束，我从内心里为她的诚实和聪慧添了几分敬意。临走时，我送她到火车站，回家途中，我脑海中还回味着她二十多年前的一举一动。

　　二十多年的时间，让一切似乎都改变了，唯有记忆没有改变。

冬 野

　　小时候，我从未想过家乡不过只属于广袤的渭北原野的小小部分。而广袤的原野之外，还有更为广阔的天地。那时我只知道村东渠畔的白杨树最高，村口的辘轳井最深，村南的那一片田野最广阔。

　　一到冬天，我和我的伙伴们便戴上棉帽、筒袖，一手提篮，一手拿镰嬉闹着跑进田野。

　　那是多么博大的世界啊，比光溜溜的打麦场大多了。在这个天地里，我们学着演戏，丢草窝，燃起窜过我们头顶的大火，追赶箭一般飞跃的野兔；乏了，躺在火堆旁专心地数天空摆着人字形的大雁。尽管那年代里多么艰难，大人们的脸上时常浮着铅灰色的云影，但我们是无忧无虑的，反正，田野里有我们割不完的青草，收不尽的欢乐。

　　然而不久，我们的兴趣被"330"高压铁塔替代了。

　　那是多么了不起的奇观啊，四根相距数米的粗壮的角钢杆拔地而起，纵横交错组成一座雄伟的铁塔，躺在地上仰视，顶端似在云中。

　　我已经记不得我是在某一日，攀上了尚未通电的塔顶的，但我记得那是一个冬日的黄昏。西天一片血红，在我之下，一切又那样遥远，简直就在天空与原野的交点。啊，我这才发现了真正的原野，发现了远比我们自豪的田野更大的天地。田巷在一瞬间变得那样狭小，密集，田野上的人是那样低矮，就连村东的那棵高大的白杨树，我也是费了不少神才找到的，不过已经是一棵小草模样。我醉了，俯视井然有序的方格田陌，袅袅飞升的灰白色炊烟，纵横交错的大路小径、沟壑 …… 突然悟出了"广阔"二字的真正含义。

长大了，我带着大铁塔对我的启迪走出家乡，走进更加博大的世界。高原的风是凛冽的，但只能吹旺我的向往。总有一天，我会把世界装在心中，走遍渭北高原，走遍三秦大地，走遍祖国河山 …… 然后，用我的笔，描绘出高原上的我和正在跋涉着的冬野。

冬野孕育着春天。我的心里会永远怀恋着冬野。

心中的图画

在我的心中，有一幅图画，一幅有声有色的山水图画。多少次，我在梦中像一只飞鸟，沿着这幅图画飞翔，我不仅飞跃在万顷碧涛之上，间或翅膀箭一般掠过水面；我还飞跃在那些被分流在一条条渠道里的水面上，飞跃在那些看不见水面，却又能听得见流水声的地下隧洞线上。

这幅图画我在心里叫冯家山水系图，它已经以其雄伟磅礴又如同日月般的自然存在成为我魂牵梦萦的精神所在，成为我精神回归的家园和开启灵动思想的动力。

而在这幅图画中，冯家山水库是一个精神的制高点。

这里天空湛蓝高远，群山青翠安详，浩瀚的千河水域与群山相依相伴，气势如虹的大堤神奇地托抱起一个人间天河。如果不是亲眼目睹，很难想象在这个曾经人迹罕见的地方，会出现如此动人心魄的奇迹。但这里是那样的平静，是那种一场战役后的宁静，那看似平静的山和平静的水，以其无言透出巨大的力量。

站在那一座座山头，俯瞰冯家山水库，走过那曾经印满足迹的山间小路，去山腰里那些已经阒然无声、至今留下烟熏火燎痕迹的窑洞走走，再去看看冯家山水库管理处展览馆那些已经发黄的老照片，我感受到了那种似乎来自天地间的巨大力量。

这里无疑浓缩了一个时代的力量和激情，是一个人定胜天的有力证明。

一个炎热的日子，宝鸡作家代表团前往冯家山水库采风，共同探讨水文化。在那次会上，我感受到了来自冯家山清润纯净的水的气息，并和众多的作家朋友们共同乘坐游艇在千湖冲浪，乘坐橡皮舟激情漂流。那是一次与冯家山水的亲密接触和相互融会。漂流中，我几度落水，清凉的水将我从头到脚洗了一遍，洗去了我全身的尘垢，我又在落水中大口大口喝了半肚子清甜的水，洗涤了我的心胸，及至上岸后，我感觉身轻如燕，仿佛回到了少年时代。

但给我留下更深触动的是冯家山水库管理处展览馆那些老照片，它一次又一次触发我的记忆，让我走进20世纪七十年代那个生活极端贫困又激情似火的岁月。

那时候，我刚上小学，父亲和全队的大部分劳力都修冯家山水库地下隧洞了，娘和妹妹以及二哥几乎每年要去甘肃陇南的舅舅家半年，其实是为了躲饥荒，大哥当了铁路工人，家里就基本上由我留守了。我和伙伴们一起，欢天喜地，抬着白灰桶，帮助驻扎在我们队上的西古城连队的张叔叔，在墙壁上到处刷写标语："人民，只有人民，才是创造世界历史的动力。""水利是农业的命脉。""下定决心，不怕牺牲，排除万难，去争取胜利。""大战冯家山。""敢叫日月换新天"，"我赞成这样的口号，叫着一不怕苦，二不怕死。"我和那位写标语的张叔叔成了朋友，缠着他坐着他们连的胶轮大车去了工地，看见了那么多的红旗在空中迎风招展，听见了铁姑娘连那高亢优美的歌声："我们是公社的铁姑娘，延河畔上的老石匠，铁锤手中拿……"虽然，那年代，我常常吃不饱饭，肚子老是咕咕叫，但我们这些小孩子成天和大人乐呵呵的，放了学，就跟着大人去上庄村营地，晚上，连着在营地看电影，《奇袭》《南江村的妇女》《英雄儿女》等很多电影都是在营地看的。我曾经缠着父亲下过几次隧洞，亲眼目睹了洞下那战天斗地、热火朝天的劳动场景，我看见父亲和很多社员脱下上衣，只穿条裤子，挖土或者拉架子车，全身汗如雨下。为了支持冯家山水利建设，我们队上把本来就少得可怜的储备粮调到工地，就是这样，父亲经常也还是饿着肚子。记忆中，有一次，父亲腿上受到镢伤，躺在炕上，发烧害冷，我跑前跑后，烧水、学着做饭，几天后，父亲伤势稍有好转，就不顾队长的劝阻，又上工地了。

　　我永远记着冯家山水库隧道全线开通那天的情景，那天是个晴朗的天气，我和伙伴一起跑到彪角属区的瓦岗寨隧洞出口，同上千名庆贺的群众共同见证了那个终生难忘的时刻。瓦岗寨在那一天沸腾了，锣鼓震天，红旗如林，鸣炮声给这个古老的仰韶文化遗址区增加了那个时代特有的火热激情。在一片欢呼的声浪中，两队并排开出隧洞的汽车，披红戴花，徐徐向东开过，"毛主席万岁！""共产党万岁！"的口号声响彻云霄。那一天，我和伙伴跟着我们大队的民兵连，我看见父亲和他的队员们一边欢呼，脸上流淌着喜悦的泪水。

　　一晃三十多年过去了，父亲那一代人大多数已经作古，留下了他们为之付出血汗和激情的壮丽工程。我曾经多次问过父亲，冯家山水库在哪里，父亲回答不上，我又曾经问父亲，这个隧洞的水是不是冯家山水库的，父亲说应该是吧，我继续问父亲，那冯家山水库的水是从哪里来的，父亲说，那是天水，从天上下来的。后来，我渐渐长大了，就明白了父亲没有去过冯家山水库。他们所修的隧洞只是冯家山浩大工程的一个部分。但毫无疑问，我对冯家山水利工程的认识，是从父亲这里开始的，多年来，我先后见到了那么多那么长的渠道和隧洞，又多次去冯家山水库以及上游的水域。当我看完这一切，我的心中就有了一幅画，一幅神奇无比的山水画。遗憾地是，我没有来得及在父亲有生之年带他去看冯家山水库以及上游的景观。

　　三十多年过去了，时光改变了人世间许多模样，但没有改变先辈们的伟大创造，我们早已经告别了缺吃少衣的困窘日子，享受着物质时代富足的生活，也许对许多来冯家山水库旅游观光的人来说，是一种工作之后的休闲，我想，仅有这些是不够的。我们更多地要从中感悟一种向上的激情，亲近水，让冯家山纯净的水安妥我们日益浮躁的心，让我们的身心充盈着来自那个时代火热的情感，去追求简约的生活，去拒绝各种私欲和诱惑，像我们的先辈们那样默默无闻地去奉献去创造，将我们的才智献身于我们所处的这个伟大时代。

大山的回忆

从聂家湾火车站下车，我匆匆走进 300 多米长的隧洞。光线陡然变暗，洞壁拱着腰，反弹出我的脚步声。凉风吹来，卷起纸片飞舞，两条暗白色的道轨伸向远远的窑形洞口。

我要去会见一个人。

洞里愈来愈黑，而记忆愈来愈亮。

是一个初冬的午夜，天穹像一口黑锅，压在形似怪兽般的山峰。咆哮的嘉陵江面反射出探照灯强烈的光束。江两岸，正修建的 11 号铁路大桥正值高峰期。我是陕西民工队员，我们的任务是配合大修队建座新桥，然后炸掉老桥。那场百年不遇的洪水显然昭示了毁掉老桥的重要性。

用草包围堰，打混凝墩，昼夜奋战。

几个通夜，我实在有些撑不住了，但桥墩的基础，支模具，打浆，丝毫不容停缓。大修队队长，民工队工头，像热锅上的蚂蚁，跑上跑下。

我们十几个工友穿潜水衣站在齐腰深的大水坑，周围是草袋装上土围成的堰。这是江心的桥墩基础，水渗量很大，十几台抽水机不停地向外抽水。我们拼命地用铁锨将砂石坑掘深再掘深。

三台抽水机发生故障，我们被迫撤出水坑。

爬出坑，浑身像散了架，坐在架板的篝火旁，眼皮直打盹，身后绑起的架子上搭着避风的草袋。我身子往后一靠，晕乎乎倒栽下去，下面是滔滔的江水。

"完了"一个念头一闪，脑子清醒过来，头皮已浸入水中，幸好，双靴跟倒挂在木板沿。

"抓住我！"我叫喊。

几个小伙在打盹。江水声很大。

"快抓住我！"我哭喊，再迟缓几秒钟我就完了。一双手飞快抓我双脚，很快，伸下来几双手，将我拉上去。

抓住我脚的小伙叫王小虎。很快我们成了挚友。晚上卷一个铺里。

我喜吹吹口琴，写诗，他喜欢瞎聊，摔跤吼秦腔，即使在干活中间也不时唱上几段秦腔戏，一边将光头摇得拨浪鼓般，上灶房吃饭的路上，用筷子将碗敲得铛铛响，饭量出奇的大。有一次，我不服气，同他打赌，连吃三洋瓷碗面条后，我肚子胀败下阵，他却仍吃两个馒头，再喝了满满一碗汤，虽然，他肚子胀得不能走路，让几个工友抬到茅房去小便，但终归我输了。他能将二百斤重的沙袋从斜板上扛去倒在模具中，而讨得队长、工头的喜欢。

好容易盼到一个休息日，我爬在床上写诗。外面传来他的怪唱——

我老汉今年一十七

娶了个老婆二十一

生了个儿子六十九

生了个孙子一百一

……

屁是一只虎

出来无人堵

打了宝鸡县

捎带凤翔府

……

我忍不住笑了，灵感消失，很不悦。

他大咧咧跑进工棚，将被子一揭，"走，去聂家湾挂女娃！"

我无奈，只好将清出的诗稿装进信封，顺路寄出去。回来时过隧洞，两个姑娘走在前头。走得黑处，小虎悄悄在我耳边嘀咕一句，就加快脚步，故意很响地咳嗽几声，跺跺脚。两位姑娘步子加快，继而小跑。他则高兴大叫——

"鬼来了！"

一位姑娘绊倒了。我俩赶上去，遇到了姑娘怨嗔的大眼睛，很美，尤其是双眼皮。我猛悟过来，见小虎仍发呆，忙捅他一拳："扶起来。"

没等扶，双眼皮已起来了，用眼剜了小虎一眼，就一拐一拐地走。小虎仍有些发呆，嘿嘿地笑。我骂了他几句，他才悟过来。此后几天，他像丢了魂似的，干活时不再笑闹，目光老往桥两头瞅。夜里睡觉嘴里老叨叨。

我清楚他的"病"害在哪里。

他竭力装。

终于在一个夜里，当他梦中在叨叨双眼皮时，被我拧住耳朵弄醒：

"没出息，爱上就追！"

"我怕她……"。

"女娃能吃了你。"

我俨然像个恋爱专家，一整套地推理，使他相信姑娘对他并不讨厌，然后，他厚着脸皮向我讨教。我厚着脸皮当老师。

"先弄清她的家。"

"好。"他头点得像鸡啄米。

"再弄清她叫啥，哦，就暂叫双眼皮吧！"

"……？"他的嘴张着再也合不住了。

"然后嘛，你就发起勇敢地冲锋……"

机会来了。这天傍晚刚下班，传来消息：聂家湾今夜放映武打功夫片《武当》，大伙匆匆赶回工棚。吃饭时，我和小虎蹲在一起，朝道轨南边张望，果然发现双眼皮和同伴说笑着走来了。小虎身子抖了抖，"啊，来了，来了！"

等到她俩从我们旁边经过时，我故意咳嗽几声。双眼皮望过来，痴痴笑着扭过脸与同伴走了。小虎饭也不吃了："咋弄？"

我咕咚喝光碗里的汤，交给他去洗，奔进工棚，取出纸笔，一口气写了几张。说句大言不惭的话，写求爱信的本领我是一流的。然后让小虎抄，务必字迹工整，不能马虎。

那家伙急得头上直冒汗。我看天色已晚，心急又不能硬催他。好不容易抄完，我拉着他沿铁轨就跑。

电影开演了，是加演。我们在人群中搜寻，彩色的光束下，是一张张红彤彤的脸孔，时不时因碰着别人的脸或踩到别人的脚被骂。突然小虎叫道："看，那不是！"

放映机后面的人群里，双眼皮与同伴正看得出神。我们使劲挤进人群，黑暗中，我们已挤在她俩身后。双眼皮显然感觉到了什么，扭过脸来，看见我们，偷偷一笑。

我拧小虎一下，示意他搭话茬。"你们看电影？"

小虎说了句废话。我硬是没有笑出声。双眼皮与同伴笑了。但还是很有礼貌地回答："你们也看电影。"

加演完了，换片的当儿，人群一阵拥挤，像麦苗，根不动、身子摆过来摆过去。我俩拼命抵住后面的人流，充当她俩的保护者。《武当》开演了，秩序才稳定下来。

银幕上刀光剑影，气氛斐然，我和小虎丝毫看不进去。我一次又一次鼓动他。他手里捏着的信就是不敢碰双眼皮。无可奈何中，我用手轻轻碰了碰双眼皮。她转过脸，小虎忙将信往她手里一塞，扭过身，做贼似的溜出人群。我看见双眼皮微微一怔，飞快将信装进裤兜。

初步胜利，我与小虎电影也顾不上看了，欢唱着跑回，路上不知绊了几次跤，但没有中断欢笑声。

工友们回来了。大家都仍被电影感染着，没有睡意。工头没有在，工棚里乱翻了天。王小虎首当其冲，使出拿手戏《地道战》中高老钟打铃向大伙表演。我负责音响效果，取下二胡伴奏。另指派一人负责铃声。小虎用手巾在头上缠成高老钟式，穿上张老头的老棉袄，系上腰带，随着二胡声音的强弱而原地奔跑动作加快。

电灯陡然灭了。

手电光束从黑暗中射向"高老钟"。

二胡声更急切。

咣咣咣……"高老钟"的双手攥在一起，向空中一拉一拉，代替铃声的脸盆就咣咣地响。随着砰砰的枪响（我用嘴即兴配合），"高老钟"回过头来，双眼喷着怒火，慢慢倒下……

正在这时，外面传来惊叫："快起来，堰要坍了。"

大家一窝蜂冲出工棚，奔上铁轨，赶到工地。堰已坍了一角。

大家忙给草袋装上土堵口，但越堵水流越急，口子愈大，堰上的十几台抽水机已经处于被水吹走的危险中。王小虎大叫一声："快，抬走机器！"

十几台抽水机没抬走，堰垮了，两台抽水机落人水中。王小虎急了，用麻绳在腰里一绑，叫一声"抓住绳！"跳人江中。江心水力太大了，绳子绷得像弓上的弦。水流从他的腰到胸口再到脖子。我们的心跳到喉咙口。

"抓住了，快拉我！"

我们拼命拉绳，"嘣"的一声，绳子断了，只见小虎身子猛向水中一倾，就不见人了，几秒钟后，老桥墩下他出现了，身子拼命探出来，想抱住桥墩，但没有抱得住，望着我，嘴张大，我没有听清他说了句什么，浪头一卷，就不见人了。

我们沿江找了几天，徽县车站，马蹄湾，横现河，略阳，阳平关，广元……没有找到他。第四天，我们在江边的石崖下，为他举行了安葬仪式。他从小失去双亲，只有一个姐姐。姐姐哭得死去活来。大修队为他买了一副松木棺材，民工队为他买了一套衣服、褥子。我绑了一个草人，画上他的脸谱。就在入殓时，双眼皮来了，用手拨开人群，走到棺材跟前，跪下去，从怀里掏出一封信，再掏出一方红色的手巾包住放进他的头下。她没有出声，泪水像断了的线。我们都石头般沉默着。小虎姐姐嘶哑的哭腔和着嘉陵江的呜咽……

第二年秋天，我们的新桥建成了，炸掉了老桥。临别那一天，我去坟上与他道别，也碰上了双眼皮。我们默默地为他点燃纸钱，愿他的灵魂在袅袅的白烟中升入天堂。

一晃多年过去了。每值佳节，我就会回忆起他和双眼皮来，想起他被江水吞没的一刹那嘴里的叫喊，这些年来，我不知琢磨了多少次。他死在期待中，但这短短的期待是他生命中最辉煌的时刻。双眼皮也许已经结婚了，愿她幸福。

不知不觉走出隧洞，眼前是那座雄伟的大桥。我走在桥上，仿佛走在民族的脊梁上。啊，我听到了王小虎的呼唤声……

那个雍河涨水的夏夜

那一年，我曾对杨乖凤的眼睛痴迷又癫狂。她是我的同学，眼神跟我故去的娘很神似，我这个邻村的孩子跟她的目光相遇，她的眼睛就在我的内心悄然扎下根，就像两颗星星，从我的眼睛进入，倏然滑落进我的内心，不同的是，这两颗星星是有温度的，还带着茸茸的触须。每当星星闪烁，我的心脏就产生出前所未有的热量，脚心和脸颊就灼烧不已，而茸茸的触须就在我的身体里到处游走，痒酥酥的，很快让身体处于醉态。开始的时候，我完全在不经意中，就仿佛老是忘记太阳送走月亮，老是忘记自己的耳朵、鼻子、头发的存在，一切都在意识之外。

直到有一天，我放学回家吃午饭，用筷子捞完了碗里的高粱面搅团，还捧着那只粗瓷大碗发呆，我从碗里剩余的清汤里面看到了杨乖凤的眼睛。那双眼睛与我很近距离地对视后，就将我引领到雍河畔的草地上。不同的是，杨乖凤这次给我呈现的不仅仅是她的眼睛，还有她苗条的体态。她似乎在躲避我，离我有 10 米左右，她抱着一棵和我的粗瓷大碗碗口粗细的软枣树，半个身子隐藏着，身后是正抽条子的芦苇。阳光很纯净，金子般光亮，在树的枝丫和叶隙解析出如同柳条般长长的金线，抚摸着她的脸颊和肩头，而我和她之间的草地也呈现出了深浅不一的绿色，阳光所到之处，金亮的光斑让青草倏然抖动，发出细微的呻吟和呢喃。这时候是异常宁静的，我和她的目光也连接成了两道金线，随着阳光的不断加温而加温。家乡的雍河就流淌在我们右侧，奇怪的是，流水仿佛不走了，没有了一丝声息，河面上倒映的瓦蓝的天空、几朵棉花团样的白云，以及掠过河面飞翔的红鸟，都像一幅画一样静在那里……

我开始在雍河畔寻找杨乖凤引领我去的那一块天地，虽然说，已经是下午，但我的双眼仍然能看见杨乖凤的眼睛，她或者在河边，或者在林丛中，或者在林梢间，仿佛两颗星星，看着在我的眼前，等我飞过去，就又在另外的地方闪烁了。

记不清那天下午，我在雍河畔游曳了多长时间，只记得我重重地躺在草地上时，已是傍晚时分，我浑身没有一丝力气，双眼沉沉地紧闭着，任身边的河流叮咚流淌，耳畔的水鸟声一阵高过一阵。我伸展四肢，将自己摆成一个大字型，感受着愈来愈凉的地气和愈来愈潮湿的花草气息。我已经无力也无心睁开眼睛，去欣赏夕照中雍河以及河畔仙境般的美景，我的内心开始泛起一丝生涩的失落。直到我透过眼皮感受着面前的夕照被浓重的黑色覆没，我才在黑暗中睁开了眼睛。

我在睁开眼睛的一瞬间，感觉有两颗星星从我的眼眶嗖的一声飞跃而出，尾音还留存在我的眼眶，让我依稀还能感觉到烫热。接下来，呈现在我的眼前的是密不透风的黑，是一种似乎凝固的黑，尽管我的眼睛睁得很大，但怎么也分辨不出夜的暗光以及隐隐约约的层次感。我就这样静静地看着黑夜，几乎将我的视觉发挥到极限，大约有 6 分钟的光景，也许有 10 分钟，我的眼前渐渐地出现了那两颗星星，我的心又开始了快速跳动，似乎有一只小兔子在我的胸口左冲右突。而那两颗星星越来越明亮，渐渐地变成了杨乖凤的眼睛。

这是一个很少见的初夏夜晚，没有月亮，没有云集的繁星，只有杨乖凤的眼睛与我对视，让我周身产生的热量同愈来愈黏稠的空气合谋，渐渐地，我感到整个雍河谷地成了一口冒着热气的锅或者蒸笼。这时候，我感觉我的脸颊湿漉漉的，仿佛有一只看不见的手在抚摸我。我能想象出夜里的雾气很大很浓稠，一卷一卷的雾气像一群群白羊或者像一匹匹白马，在雍河周遭撒欢和奔腾，像吹糖稀的艺人吹出的无数杰作，只是，这些羊或者马，是风用水汽吹出来的。此时此刻，雍河的水面一定同雾气融为一体了。一阵一阵的哗啦声从我身边响起，像浪涛，依次传递过去，稍微停歇，又蜿蜒着回旋过来，在我周围形成共鸣，这是桐树叶、杨树叶、楸树叶在风中的狂欢。接踵而来的是轻曼悠长的唰啦啦声，似乎是风又变成巨大的梳子在梳理芦苇叶、柳树叶、草丛，以及我乱蓬蓬的头发。

我感到先前在我身下悄然睡眠的草丛渐渐硬朗起来，好像正酝酿着力量，要将我托起来。也就在此瞬间，有一只毛茸茸的东西顺利完成了从我身下草丛间的穿越，并将痒酥酥的感觉留在我的背上。

我不由坐起身子，风又变成手从我的脖颈伸下去，先是在我的背上抚摸，很快从我的胳肢窝滑到前胸。接下来，我的粗布上衣就发出啪啦声，活像我们学校的红旗在风中摆动的声音。一个念头闪过我的脑际：要下雨了。空中就刺啦啦打过一个闪电。借着光亮，我一阵飞奔，踩着河上的木桥，一口气跑到河南岸，眼前就又黑暗无比，几乎同时，我的头顶滚过一声炸雷，顿时让我的头发像猬刺一样直立。又一个闪电打过，我看清了河岸边的窑洞以及正向窑洞飞窜的两只野兔子。

那口窑洞距我有30多米远，呈60度坡形走向，按照直角三角形勾股定理，我很快反应出我其实是飞跃在一条弦上。我没有那两只野兔敏捷，大概距离窑洞有10米时，就迎接了第二轮咔嚓嚓的雷声，声音里夹杂着嘶哑，好像天空剧烈的咳嗽，旋即我就感觉有无数条鞭子在抽打我。就在我奔跑到离窑洞仅有3米时，我的上衣后背不知道被谁猛然抓住，一个反弹，我就像一个陀螺，前后左右醉汉般晃荡。坡头的风吱哇一声，好像是一张看不见的大嘴在吹气。我就像一页纸片，头脚朝下，漂流在滚坡的激流中。而激流在完全征服并容纳我的瞬间，将我变成了一支飞箭，一支射向雍河的飞箭。在又一道闪电中，我看见了河岸坡上呐喊的白得耀眼的水流，以及挥舞着像旗杆的断树残枝，看见了雍河瞬间由 10 多米的水面成为浩渺的江域，看见了雍河水面腾起的水雾如瑶池周围的雾霭，白得让人心醉神动，就连从茫茫天宇射下的麦秆般粗细的水箭，也被水雾倏然融为一体。

我是要飞进那片如梦如幻的世界中去吗？是要在那个境地里去寻找杨乖凤引领我去的那块神仙般的天地吗？我的意念飞快地闪动中，杨乖凤的眼睛就猛然出现在水雾里，随即出现的是她的脸庞和飞舞的衣袂，在我飞向她怀抱的霎那，拥抱我的却变成了坚硬的树。我搂着树荡了三个圈子，却看见杨乖凤的身姿已经飘曳到那只窑的洞口。

我又开始了新一轮的飞奔，往往奔几步，就被水冲下来，最后，我是一步一步爬着，手抠着泥土才到达窑洞的。但杨乖凤的身影已经不在那里了，迎接我的是两只兔子的四只红红的眼睛，还有在我的腿胯间窜来窜去的几十只也许更多的松鼠。洞外面，雍河岸边似乎在进行盛大的狂欢，雷声是鼓，闪电声是钹，风声和雨声是二重唱，而雍河似乎没有了声音，一次又一次的闪电光中，呈现着仙境般的庄严。

窑洞里顿时让我心静了许多，我已经能听见窑洞口被风吹出的嗡声，那是泥土的声音，是放大了数百倍的埙音，这种声音在我耳膜的静听中，渐渐地高过了雷声，莫非是雍河两岸上百孔窑洞同时发出了声音，我感到了来自地心的震颤。

窑洞口的合鸣声大约持续有爹的一锅烟功夫，雷声就逐渐稀落下来，闪电光的间隙也在拉长，雍河岸边的狂欢好像进入尾声。又一锅烟功夫，雷声、闪电光仿佛飘浮到非常遥远的天边，风声若有若无，偶尔树叶响一声，听得见水珠落地的咕噜咕噜声。我的头探出窑洞口，脸上悄然落满被我撞落的灌木上的水珠。夜的暗光参差感又重现在我的眼前，雍河多年的河床不见了，全成了浩瀚的水的汪洋，水面雄浑如千军万马列阵进发，浪花闪着灰色的光亮，将北岸的坡头反衬得墨黑一团，而距坡头更远的夜色里，有若隐若现的灯光。

　　我在窑洞里，起初看见的只是那两只兔子的四只眼睛，红色的，影影绰绰的，游动在黑黑的背景上，渐渐地，兔子的眼睛就明亮起来，依稀可以看得见兔子的红红的三瓣嘴，接着我就看见了松鼠，在已经被渐渐稀释的黑暗里蹿动。慢慢地，窑洞里的黑暗变成淡黑、浅黑，后来就有了青色的光亮。我看见了那两只兔子茸茸的毛色，它们亲密地依偎在一起，相互用舌头舔着对方，仿佛它们是一对恋人或者恩爱夫妻。那些松鼠不停蹿动，在窑壁上，在兔子周围，从我的肩膀、背上游过来荡过去。

　　这时，洞外面有一声鸟叫很尖利，短促的声音里透着揪心的急迫，尾音未落，窑洞里就有了一声尖利的鸟声回应。我正惊异，只听青亮的洞口嗞啦一声，一只红色的鸟儿就像子弹射进洞里，捎带进一股呼啸的风。那只红鸟大概飞行的速度太快太猛，唰啦一声，碰在窑壁上，又落在兔子的身上，少顷，又扇动着红色的翅膀飞起，在窑洞里飞来飞去地盘旋，最后循着洞中鸟儿的回应消失在窑洞右侧的一个拐角。我恍然明白了，怪不得我一直没有看见洞中的那只鸟儿（它一定也是红色的），原来它一直躲在拐窑里。听着鸟儿低声啼鸣，兔子相互舔舐的吧嗒声，松鼠欢快的吱吱声，我的心头生出隐隐的孤独，我开始在窑洞里到处搜寻杨乖凤的眼睛，任凭将视觉发挥到极限，还是徒劳。

　　我爬出洞口，雨不知在啥时候早已经停住，月亮都已经出来了，圆圆的，像被灌洗过的玉盘，没有丝毫的瑕疵。我的目光先是投向曾经拥抱我的那棵树，但在那里没有看得到杨乖凤的眼睛。我慢慢溜下坡，一直到那棵树前，搂住树身站起来，发现这是一棵软枣树，有碗口粗。我背靠这棵软枣树，目光又投向那孔窑洞口，那里也没有看见杨乖凤的眼睛，那孔窑洞掩映在极亮的月光下的灌木丛中，反而有种模模糊糊的感觉。

　　那一夜的大雨，是我们这个小镇数百年不遇的。据当时统计，有数百间土坯房子倒塌，好几个庄子的老城墙被城壕溢满的水泡倒了。我们庄子算是灾情最大的一个庄子，涝池、城壕里的水全满了，几个大土场也容纳了深过一米的水。所幸庄子的地势本来高，没有造成人员伤亡。但邻近我们庄子的王家凹村子却惨了，因为其地势呈凹形，多一半的土坯房不是倒塌，就是倒了山墙，不少人拆掉门，用木板当船逃出了性命，还有来不及爬上门板的人，或者爬在脸盆上，更有爬在尿盆上逃出来的人。那一夜，我们镇上的所有饲养员都解开了槽上的牲口，知道牲口有四条腿天生会泅渡。我爹也是饲养员，那天夜里，他喂养的驴和骡子都是泅着水逃出来的。所以，当我们镇上不少村庄的人在逃生、很多牲口在浩渺的水里像举行雨中游泳大赛时，我当时正睡在雍河畔的那孔窑洞里。我幸运地躲过了灭顶之灾，甚至最危险的所在，成了我最安全的地方。多年之后，当我将那天夜里的雍河景观千百次回忆反刍时，我的身体里就涌动着一股汹涌的王者之气，我的血管里就有了奔突的悸动。

也就是经过了那一夜，我对救过我性命的那棵软枣树、那孔古窑洞；兔子、松鼠、红鸟，甚至雍河，有了一种生死相依的感觉，学校的生活，我的庄子里的小伙伴，许多萦绕着我少年时代的人和物逐渐淡出了我的视觉。我平生第一次对家有了种陌生感，空旷感。所以，当那一个夜晚过去，我在次日的早晨回到了我们的庄子，根本就没有想到那天夜里爹和妹妹为寻找我几乎发疯了。我没有先回家，而是去娘的坟地旁转悠了好长时间，见坟地没有出现漏水，就一溜烟去了雍河畔，急匆匆地钻进那孔窑洞里面，看那两只兔子、松鼠、红鸟。松鼠和红鸟不知什么时候已经离开了窑洞，两只兔子还在窑洞里面，见我来了，竟然没有躲避，像老朋友一样跳过来，用三瓣嘴轻轻地蹭咬我的裤脚。兔子的毛色闪着湿漉漉的光亮。我轻轻地抱起兔子，眼泪就下来了。可怜的兔子啊，一定是被昨夜的大雨吓得丢了魂，加上生性笨拙，不能像松鼠、红鸟一样出去觅食。我真后悔来时没有给兔子带些吃的。

窑洞里面很静很静，静得连我衣裳和兔毛的摩挲声都清晰可闻。一缕缕太阳金色的光线透过洞口的灌木投射进窑洞，洞壁反衬的光亮又濡软了整个窑洞的空间。我的目光仔细地抚摸着窑洞顶和其他的地方，渐渐地，我嗅到了人气和烟火味，像纯净透明的罂粟香，<u>丝丝缕缕穿过我的五脏六腑</u>，沉潜在我的骨头里、血液里。窑洞里有一条土炕，炕上方的窑窝里黑黝黝的，依稀能看到早年窑主人放置过灯盏的印痕。窑洞的拐角里，有一口开裂的瓦罐，从罐子的大小，我能判断出这一定是窑主人用来储水的东西。我不知不觉坐在了炕上，悄然感受到了一种久违的亲切和温暖。

我慢慢地走出窑洞，从那面宽宽的缓坡一直走近那棵软枣树。在离树有三米远的地方停住脚步，我看见了树的股杈那里正流着绿汁的伤口，以及裂开口子的另一枝树股。我还看见了在裂口的地方已经有一绺绿色的布带在缠绕，细细密密如同包扎伤口的绷带。显然，这里已经有人先我来过。这时候没有风，但我分明看见那棵软枣树在颤抖。我的眼睛模糊了，那棵树在我的眼前成了一个站立的人了。她袅袅娉娉，眼睛里流露出怨艾。哦，那是杨乖凤的眼睛。我在惊异中，幻觉就消失了。那棵树似乎向我伸出双臂，我跟踉着脚步扑过去，紧紧搂着树身，脸颊贴在黏稠的透明的赭红的树脂上，那一瞬间，我感觉我的泪也变成了稠稠的树脂。

雍河水面波光闪耀，像有数百万面小镜子在反光。较之昨夜，雍河水的洪流退位了不少，很多被淹没的大树重见天日，有的树身子倾斜着，鞠躬似地将树冠垂向水面，树梢上缠绕着一疙瘩一疙瘩苻草，或者缠绕着绳子般的蛇身：有的树身首异处，只留下光秃秃的树桩，孤独地站在水流中，似乎痴痴地呼唤着冲向远方的树冠。我的目光也在热切地寻找，我看见，昨天下午我曾经躺着的那块地势高的坡岗，大多仍然被水淹没着，只有土炕见方的一小块坡头，龟背一样浮出水面。

这时候，我的耳边传来尖利的鸟叫声，那么熟悉，声声像湿漉漉的尖嘴在啄我的耳膜。循着声音，我的目光飞越过如同谷地的雍河，掠过淡淡的晨雾，在瓦蓝得让人心醉的天空，看见了两只红色的鸟儿正在疾飞，给天空划出两条红色的线痕。两只鸟儿一前一后，轻轻飞近水面，一个斜刺，翅膀溅起水花，落在浮出水面的龟背坡头，望着我急切地尖叫，稍作停歇，身子扑棱扑棱抖掉水花，向我飞过来，先是落在我的肩膀上，后来又落在我那两只伸开的手掌上。两只鸟儿的眼睛清纯地望着我，在我的手心转悠、鸣叫，我知道鸟儿在跟我说话。稍顷，红鸟又相继飞向窑洞，有一只在刚跑出窑洞口的一只兔子背上用纤细的爪子停了一秒，然后飞进窑洞。

我重新进窑洞的时候，发现松鼠已经回来了，猴子般在窑顶转了一圈，从我的左肩膀蹿到右肩膀。这一刻，我对这孔窑洞突然有了一种家的感觉。

几十年过去了，雍河河岸早已面目全非，那些树木，那棵软枣树早已无影无踪，那孔窑洞里的红鸟和松鼠早也不知去向。杨乖凤后来跟我拜了姐弟，是在这孔窑洞门口对着雍河水和满天的星月对拜的，再后来乖凤因产后大出血离开人世，只给我留下了永远的美丽记忆。那孔窑洞是她的出生之地，至今敞开门，迎接我的到来。

与班德瑞音乐神会

第四辑

灵魂的羽化和安妥

　　我常常臆想，在当今文坛上，禅香雪的出现是不是有种神意？她是不是被赋予了某种使命，抑或特异潜质。要不，在她的文字里，为什么会有道的身影，佛的圣光，儒的温婉和神的天音呢？说心里话，从事文学写作多年，我对文字的运用有种近于苦役般的苛求。我一直固执地认为，文学最基本也是最根本的意义，就在于文字本身，就像人的生命存在意义在于活着本身一样。在这样的认知下，我对古往今来文学家的文字常常有着半信半疑的猜度。我喜欢但丁，喜欢泰戈尔，喜欢莱蒙托夫，喜欢陀思妥耶夫斯基，喜欢茨威格，喜欢鲁迅、郁达夫和余华，更主要的，是喜欢他们的文字。尤其在当下这样一个极度物化的时代。很普遍的情形是，文学写作者对文字缺乏应有的敬畏，在他们的文字里，看不出文字闪烁的虹霓和地心般的沉潜。更有甚者，让文字变成承载欲望和标榜自我的工具。

　　然而，禅香雪文字的出现，让我大为惊讶和欣喜。

　　那是几年前的一个秋夜。我写完一部作品的一个章节，已经是凌晨两点。我无意中进了禅香雪的博客，又是无意中读到她的一首诗。我的眼前出现了瞬间的迷离，继而是文字的光辉带来的鲜亮，是那种久违的，只有童年时代和少年时代才能感受到的光亮。一句话，禅香雪的文字点亮了我的心智——

　　我的确是病了，无须多想

　　我想我病的不仅是身体还有空荡荡的心

我病得找不着北，找不到遗失的诗歌和诗化的文字

像秋天枝头缺失温暖的叶子

孤零零地遥想春天，还有春天残留的一线生机

能打碎的全打碎，能埋葬的全埋葬

能打包邮寄的赶快托付给河流

海的那一边有一亩稻田

开荒者是我的先祖，

他们揭开头巾用汗水浇灌

稻花香里说丰年

我看不见他们说笑的模样

但眼神里的守望跨越千年的门槛

结成籽粒饱满的麦穗

一束束，飘散着原初的麦香

我行走着，一不小心丢失锄头

忧伤比麦田里的荒草还要稠密三分

秋风蚕食我的忧伤，蚕食我橘红色的希望

留下一只轻飘飘的蝉蜕

等待消亡

——《等待消亡》

不知道，那个凌晨，我将这首诗读了几遍。只记得，我是伴随着她博客里的音乐阅读的。那首乐曲是班德瑞的钢琴曲《追梦人》。班德瑞的音乐空灵忧伤，充盈着似乎能消解一切内心和灵魂纠结的不可知的力量，和禅香雪文字里的忧伤和空灵惊人地一致。那个时刻，我几乎以泪洗面。我给她的这篇博文留了言：读完这首诗，我悄然流泪了，不仅仅是为我们将要或迟或早地走向消亡

的无奈和忧伤，我更多地被诗歌里面沉郁的温暖深深打动。是啊，在海的另一边，有一亩稻田，开荒者是我们的先辈，我们迟早会和亲人相聚的。当我们再也找不到丢失的锄头，我们会成为一只只轻飘飘的蝉蜕。感谢诗人用极其柔曼极其母爱的圣光点亮了我们的心智，给我们行进归宿的旅途创造出如此温馨醉人又美丽忧伤的情境。这不是天音是什么，尘世上还有什么诗歌能让我的内心真正安妥？

此后，我就静静地坐在电脑前，一次次进入诗歌的世界，"能打碎的全打碎，能埋葬的全埋葬，能打包邮寄的赶快托付给河流。海的那一边有一亩稻田，开荒者是我的先祖，他们揭开头巾用汗水浇灌，稻花香里说丰年。我看不见他们说笑的模样，但眼神里的守望跨越千年的门槛"，这样的诗句，让我仿佛听到了天音。将一切该打碎的全打碎，能埋葬的全埋葬，并且托付给河流。禅香雪从生命的消亡出发，将人的本体回归到最初的自然状态。更为超然的是，将能打包邮寄的托付给河流，这是我们的精神和情感，是我们的灵魂进入水一样纯净的世界，同时也进入时光的河流。这时候，我的感觉仿佛羽化了，河流宛若时光的手在空间划的印痕，闪烁着粼粼般如同绸面的光芒，又像飘逸在小说家寇挥在《北京传说》里创造的那条河流上。禅乐从虚无的天空袅袅娉娉，我看见河流羽化了，玄之又玄，从中出现了一条虹霓般的门径。不过，前面引路的不是警幻仙子，是神仙般的母亲，她将我领到了海的那一边，那里有一亩稻田，田地里有洪荒的先祖。我进入那片稻田，温暖的圣光安详地普照，这里是天堂，是我梦境中多少次来过的地方。多少年来，我多次试图描写这个梦境的过程，但多少次没有完成。这个梦碎片式地在我精神的纵深地带忽隐忽现，如同游鱼的粼光。所以，当这首《等待消亡》的诗歌訇然打开我的梦境之后，我灵魂的震撼无以言表。

所谓梵音，禅语，我们常常触及，但我们是不是能得到灵魂的感应进入化境和幻境呢？阿拉伯神话里阿里巴巴有一句简单的话语，说语言仿佛一把钥匙，能打开财富之门，其实就暗示了语言的神妙。在当代年轻的作家里面，禅香雪的文学语言在某种程度上具备了这种神妙和魔力。她总是让她的情感和灵魂回归到最初点，甚至回归到人的生命消亡和重生的临界状态。她的文字里有淡淡的忧伤，而忧伤又透露出某种宿命，或者不确定的东西。她的这些潜意识往往走得有些远，几乎要走到人生的背面，已经有了曹雪芹在《红楼梦》里参悟的味道，有种近乎于"阴阳镜子"的况味。说实话，香雪还很年轻，我是不想让她走得这么远，因为她已经从幻境中进入真境，再走就有可能领悟人生真相，循入空门。这是我读了她的《复活在远方》后的感觉。在这篇散文里，禅香雪的意识从尘境走进幻境，又从幻境走进真境，她有一种走错了路的痛感。是什么力量让她走错方向呢？也许是名利，也许是其他说不清道不白的东西。当她顿悟之后，就有了小草可以今年枯萎明年复活而人的生命不能重生的无奈和喟叹。"所以，请你送我回起点，给我一次复活的机会。以后的路，就让我自己来走，不要任何人左右。我绝不会再选错方向。山那边，有我的三分耕田，一辆耕车。河水日日流淌，它流动得一点也不喧闹，静静的，缓缓的，如同我此刻渴望宁静的心。河里的鱼儿，想怎么游就怎么游，我不给它们规定种种范式，禁锢它们的天性，让它们有生存的痛点。夹岸的桃花，即便落英缤纷，我也不会伤感。我知道那是生命的流程应归的终点。"应该说，这是香雪精神和灵魂的极乐世界，只不过让我读出了"太虚幻境"的味道。"怎么可能活过来呢？人死不能复生，这是亘古不变的真理。人的复活，只是精神的复活，消亡的肉体会化为尘埃，随风飘散。即使身体中不死的因子附着在草叶上，那也得千万个因子的重新排列组合，才能重建一个新的生命体。而此时的生命体早已失却了原来的模样。所以，人是不能和草叶相提并论的。草叶的复活包含着肉体的复活，而人的复活只能是精神的复活。那么，我奢望的复活岂不是镜花水月？退回原点的想法岂不是痴心妄想？现在，我要如何走下去，才能回归到我的方向，顺意了我的本性？你隐身得如此干净，留下的路毫无拐弯的迹象。头顶的太阳不管不顾地斜下去，斜到密林的深处。老鸦绕着旧式的坟茔漫叫了一圈，飞到夜色里去了。我在草叶寸寸饱满的生命里矮下去，矮下去了……"

我记得，读香雪《复活在远方》这篇散文，仍然是在一个深夜，我在惊叹她那种非凡的神性语言里萦绕着的缥缈天音，有一种近似于听神曲的感受。我清楚地看到，香雪总能通过文字发现来自天地以及个体生命相融合抑或相对应的秘笈。她有种能飞速般抵达灵魂世界的神力，她笔下展示的世界就是她的灵魂世界。这个世界，也就是她在《等待消亡》里面带我走进的那个世界。只是，前者曾经让我的灵魂得到安妥，《复活在远方》让我有种寒冷感。我知道香雪的灵魂深处一定有什么纠结了。我告诉香雪：其实，我们的路无所谓走得对与错，一切都是定数，都是一种宿命。我们很多时候在奢望能够重新走一次，这自然是已经不可能的。上天给了我们成长的过程，给了我们创造的过程，同时给了我们迷途的过程，给了我们生命的快乐和痛苦，这样才组成了我们完整的一生。香雪，你太清醒了，你超凡的感悟让我们看到了人生的背面，看到了我们人类的生命脆弱到抵不过草。我想，这只是对我们自身个体生命而言。我们的后裔同我们的关系，事实上也就同草一样，我们的生命叶子凋零了，根还在，后裔就是我们的根。说什么离离原上草，一岁一枯荣，其实就是写我们人类的命运。不要太感伤了，对生命的追问，就到此，往回走吧，我们还有很多温暖的东西。

接下来，我在《淡化抑或消散》中又重新体味到了她的文字最初给我的安详温暖和慰藉。"坐在湖边，水面过于平静，静得连呼吸都清晰可辨。鸟与叶子的呼吸不同，草与露珠的呼吸迥异。我的呼吸落进水中，竟也无动于衷。随手捡起一块石子，抛向水面。于是，静态的水面漾动起来，波纹沿石子的落点渐渐扩散，一波一波，像看热闹的人群，逐层散去。水圈越退越大，越退越淡，淡到虚无，直至恢复原初的平静。"这是《淡化抑或消散》的开头，我个人认为应该是禅香雪给我们创造的一个真境，一个给我们生命乃至灵魂启示的镜像，如果说湖里的水如同时间那样宁静安详，那么，可以说，禅香雪是坐在时间之外去谛听鸟的呼吸、叶子的呼吸、草与露珠的呼吸。就连她抛向水里的石头，也是在静态的水面显出涟漪，一波一波向外扩散，像看热闹的人群，逐层散去。水圈越退越大，越退越淡，淡到虚无，直至恢复原初的平静。表面上看在写湖水的波纹，其实在写人生。时光如水，人的个体生命多么像水里的石头，虽然有了一些响动，抑或激起一圈圈涟漪，但最终要淡到虚无，时间之水终归恢复到最初的宁静。然后，作者写了自己儿时的追忆，写了对爱情的追忆，写了弟弟走失的追忆。这些追忆都有痛点，但都如同时间之水的波纹淡到虚无，就连仇恨也最终被以德报怨的情怀稀释。如果说，禅香雪的真境是道意义上，是从天地间获得的，而善就是灵魂层面的，是建立在道层面之上的，有着普世的关怀意义。在这篇文字里，禅香雪同样给我们提供了一个镜像："父亲不是教徒，却也能大发慈悲。我的怨仇滴落父亲宽阔的胸怀，如同咸涩的雨水滴落偌大的淡水湖。我想起一种游戏。学写毛笔字的童年，写得憋闷时，喜欢提起毛笔，饱蘸一笔浓墨，提得高高的，让笔尖的墨汁自动滑落。白森森的大字本上，一个黑色的墨点，迅速向四周蔓延。待到墨汁凝滞，看看父亲不在，拿起大字本到阳光下透视。墨汁洇湿成一个不规则的圆圈，极有层次感，像极美术课本上的黑白画。距离中心点越远，墨汁的颜色越淡，淡到和白纸的白浑然一体。这样的过渡自然无痕，我很喜欢。再翻开后面的纸张，也清晰地洇透黑色的墨圈，愈往后翻，墨圈的颜色越淡。墨汁的威力终究是有限的，我想。心中积久的怨恨不也是这样吗？时间的悠远和空间的遥远终究会淡化一切的恩怨情仇。"

我想，人一旦从物欲横流的尘境世界进入幻境最终走进真境，就已经有获得天地之道以及人生之道，灵魂之道的可能。但道必须是前提，在这个意义的基础上，善的灵光就照耀了心灵世界。就像大字本白纸上洇透的墨圈，一张张后翻，白纸上的墨痕会越来越淡，淡到和白纸浑然一体，而恩怨情仇也如同白纸上的墨圈。禅香雪的文字总是能将转瞬即逝的玄思妙想在不经意中轻盈地获取，并在轻盈中给笔下的物像赋予一种通透的乃至通灵的意义。这些意义有别于生活和艺术的悖论说，是一种建立在形而上之上的更自由的飞翔。而飞翔不是指文字而言，是于文字之外的混沌虚无、玄之又玄的情境。在这样的境地中，文字的神速如同地球自转，已经看不到飞舞的影子，而是飞舞在静态中。由此，散文发现的意义升华了，出现了高于发现之上的神力。这也是禅香雪散文独具魅力的核心价值和存在意义。

纵观禅香雪的诗文，我惊喜地看到了前所未有的景观。我看到纯净的文字如何像一只只神鸟，驮着神性之光，在天地间那个玄幻的美丽之域构建的精神景致。我看到了梦境中或断或续的情景如何能在禅香雪的文字里得到完美的呈现。从这个意义上说，禅香雪的文字是一只只鸟儿，是她的骨血和灵魂滋养的。也许这些文字被她不知不觉滋养了许多年。要不，这些文字为什么能那样神速地抵达天上人间，飞跃阴阳两界，能以不可感知的神速抵达我们在梦魇中向往的精神和灵魂的归宿之地？她的文字是羽化了的，羽化了的还有她的母性之爱，母性之美，母性之德。她的文字能给我们提供一条虹霓般的灵魂通道，能让我们将生与死从精神和灵魂上续接，进入安详之地，能让我们在饱尝人生苍凉中得到另一种壮美情感，能让我们得到灵魂的安妥。她的文字里有道，有善，更有大美。

与班德瑞音乐神会

从 2010 年下半年开始，我就进入到中篇小说《火晶柿子》的写作，起初，我并不知道这部作品会成为一个中篇，我的感觉中，这将是一个长篇，至少是一个小长篇。先是开头写好了，就等待灵感的到来，好去持续后面的写作。但好多天过去了，我试图接着写了不少，但都感觉不是最佳的状态，于是悻悻然删掉。我不是一个想好了情节甚至细节然后一路写下去的作家。我的写作进程完全取决于情绪和心灵的引导，也就是说，我的每一部作品都是在一种不可知的状态中艰难地行进着的。我要避开轻松，我要让心灵的足迹进入陌生地带，我的鼻孔要能闻得到陌生的气味。我要走进孤独，像蚯蚓一样深钻进泥土，让灵性之翳去触摸最初的阳光。这样的结果带来的是我整日时不时地在一种臆想中，会感受到心灵被转瞬即逝的灵光照耀，但等我坐在电脑前，这些灵光已经消失了，只留下若有若无的气息在折磨着我。

于是一天又一天过去了，一个夜晚又一个夜晚过去了，我的小说仍然只是一个开头，像定格在一个空间里的不明物，身前身后是时光飞逝的云烟，是转瞬间成为记忆的时间之尘。我必须让我的作品成长起来，哪怕是慢慢成长也好。

就在这个时候，班德瑞的音乐像一道道蜿蜒的灵光，在我未曾感知中，就已经将我封闭的灵感之源打通了。确切地说，在我并不知道班德瑞之前，他的音乐已经潜入了我的灵魂地带。那应该是 2010 年一个冬夜，我被一个博客里的音乐所震撼，那是班德瑞的一首著名的钢琴曲《追梦人》，尽管当时我根本不知道班德瑞，更不知道这首曲子的名字。

接着，我就迷上了班德瑞，也迷上了他的《日光海岸》《仙境》《变幻的风》。我的小说的足迹也开始移动了，仿佛呼吸连接了。我的小说主人公杨乖凤的眼睛星星般进入我的内心，就像班德瑞《追梦人》曲子开头，那梦中情人或者已故情人的眼睛和脚步正慢慢向我轻轻走来，虽然那感觉也可以说是风铃在时光中轻轻地静静地响，但我的感觉更接近前一个想象。杨乖凤的眼睛沉潜进我的内心，像带有温度的星星，还带着茸茸的触须。我少年时代的情感和记忆被激活了，接着被激活的还有沉潜在我骨子和灵魂中缺失的童年母爱，我整个身心开始燃烧起来，这种情感的能量让我的内心具有强大的飞翔力，让我的灵魂有了神奇的穿透力。我看到了从尘境到幻境再到真境中的母亲和杨乖凤。她们在我的记忆中以神女的生命姿态复活了。虽然她们已经离开我近三十年了。但她们的爱的光芒和班德瑞音乐中的爱的光芒一样，让我的灵魂不断地再生。

我的故乡彪角镇也在我的灵魂中再生了，虽然这是一个在地理概念上并不比马贡多大的小镇，却在母亲、杨乖凤、班德瑞的爱与音乐灵光中具有了神奇和迷幻。换句话来说，就有了神性。当然，小说中的雍河就更有神性了，这条河在两千年前是先秦古都雍城的皇家河，河床开阔，河面浩淼，再将时间提前到仰韶文化时代，河岸上就有人依崖傍河居住。由此，班德瑞的音乐让我的生命中的雍河有了忘川之水的意味，我一直固执地认为，小说中少年的母亲，杨乖凤的母亲和杨乖凤灵魂的再生和再现，某种意义上来说，都是和这条河水乳交融的，雍河就是她们饮下的忘川之水。

小说中的第三章，我是随着班德瑞的《变幻的风》的音乐进入的，先是一种轻微的风将我送到雍河畔，然后风在转换，是远古的风，纯净里带着处女的气息。渐渐地，音乐梦魇般附着在我的灵魂中，我的灵魂又附着在小说中少年的心神上，我进入到对于我来说一个前所未有的梦境中，虽然，小说中那个初夏的夜晚里，上天之水以无法想象的神力让雍河由十多米宽的水面瞬间变成浩瀚的江域，让雍河还原了几千年前的真貌，但在我看来，这就是仙境，仙境中有少年母亲的眼睛和杨乖凤的眼睛，且随着班德瑞音乐中的风声在转换，一会儿杨乖凤的眼睛转换成娘的，一会儿娘的眼睛又转换成杨乖凤的。而且河岸边的那棵软枣树也在转换，转换成衣袂飘飘的杨乖凤。仙境像天堂一样，杨乖凤的眼睛在雨幕中将少年引领进那孔窑洞里，这是少年的天堂，天堂里有两只兔子，几只松鼠，还有两只恩爱的红鸟。我记得，写作这一章，我一直从前一天傍晚写到次日凌晨，一直在《变幻的风》的反复播放中进行，也不知道，那个晚上，这首曲子放了多少遍，以至于我竟然将这首音乐中有多少次风声都清晰可数。

　　然后是少年的脚步，杨乖凤的眼睛和身影的节奏，也就延续在班德瑞的《追梦人》的音乐中，班德瑞音乐中的脚步声节奏是轻缓的，杨乖凤也就轻缓了起来，班德瑞音乐里的那个梦中人，也许已故的梦中人，他的形象是不时重合又分离的，小说中少年的精神情感里，娘的形象和杨乖凤的形象也就重合又分离。渐渐地，班德瑞《追梦人》里的脚步声也清晰可数了，由此就带来了小说中的少年不仅有走路数脚步的习惯，也能清楚地数出从家里到雍河岸窑洞的脚步数，以及从家里到学校教室的脚步数，从家里到娘的坟地的脚步数。班德瑞音乐中的脚步洋溢着由人类真爱升华的大爱，小说中的脚步声自然就有着超越于少年母爱与杨乖凤说不清道不明的爱。班德瑞的音乐告诉我，他的音乐中的爱是一种不能确定的另类爱，因为不确定才博大深远，所以，这部小说中少年对杨乖凤的爱也就有了不确定性，这也许就是天下男人共有的，本真意义上的爱欲。

　　爱在哪里？我看见，爱在天空行走，那些能看见的阳光和月光，云朵和星辰，那些在我们的梦魇中能看见的游飞的灵魂和灵魂的影子，无时无刻不在发散着爱的光芒；爱在浩瀚的河流中，在返青的麦苗叶尖的露水中，在深厚的土地里，在闪着磷光的骨头里。所有这些爱都被班德瑞的音乐所穿透，所阐释。也因此就有了小说中的少年主人公与杨乖凤在雍河畔结拜姐弟以后，再到娘的坟上去结拜，然后娘在坟里以磷火的形式表达对他（她）们的祝贺。写这一部分时，我全身心处在一种随时不能自已的情绪里。我走进了我的童年，少年，走进了我生命中那个充满苦难又充满向往的地带。我低飞在时间的空中，清楚地看到了那一个地段中的我。我和昔日的我像一对难舍难分的兄弟，时而重合时而分离，有时候竟然搞不清现在的我究竟是昔日的我的影子，还是昔日的我是现在的我的影子。我从那个少年地带走得太远太远了。但班德瑞的音乐控制了我，他的音乐节奏始终如一，轻慢舒缓，音乐情绪不事张扬，让我的小说一直保持着轻慢的速度。

应该说，《火晶柿子》这部作品，我是为我内心和灵魂的需要而写的，小说中的杨乖凤源于我少年时代的一个女同学，她美丽绝伦，像天使仙女，她的温情曾经温暖了我苦难的童年和艰难的少年时代。她后来早早离开了这个世界，人们说，她是被神收去做了仙子。虽然，这是种唯心的说法，但我宁可相信这是真的。如果这样，她就和我同处在不同的世界里，灵魂就能在时间的空间里不期而遇。这些年，杨乖凤多次进入我的梦魇，每一次，她的眼睛总是在梦中与娘的眼睛不停转换，温柔慈爱，让我的心神得到安妥。多少年来，每当梦醒，我第一个愿望就是要将梦中的情景写下来，但醒后的梦境像海市蜃楼，瞬间就从记忆中消失了。所以，写杨乖凤成了我多年来的奢望。

2010 年那个冬夜，班德瑞的音乐和我神交，让我完成了这个心愿。小说写成一年后，受到《延河》杂志社主编阎安老师以及杂志社其他老师的肯定，从而得以问世，我就想这些老师一定跟班德瑞音乐一样，代表着人世间的大真、大善、大爱、大美，我和他们的心灵是有宽阔的通道的，还有我的挚友宁可、范怀智、寇挥在我创作这部小说的过程中，不断地给予关心和激励，甚至于超过了对他们自己作品的关心。我常常想，他们就像神派到我身边来帮助我的前生今世的朋友和亲人，每当想起这些，我的内心就倍感温暖，如同班德瑞的音乐般让我感动和迷醉。

画 兄

画兄，是我一位诤友，眉清目秀，留一撮络腮胡子改成的鲁迅胡，唇间常见油腻，手指间香烟袅袅。画家兄属文化人士，自然工作就位居第二，所以领导的头自然要疼的，但又奈何不得画兄。画兄属于"保护动物"，虽居领导下属名分却为世人皆敬。有了这种保护光圈，画兄就放荡不羁，单位里只见影不见人，灵动如风。而酒吧、夜总会里则百般逍遥，风流倜傥。

大凡画家都喜欢舞笔弄墨，笔走龙蛇，画兄当然属于这些画家族中的白领人物，一支妙笔在手，于方寸尺牍呈现大千世界，或上街或跳舞或逛夜市，一个个不同职业的人物跃入画册，惟妙惟肖。

画兄喜欢穿大夹克，画册装在大兜里。连同墨水，画笔一骨碌。当瞄上一"猎物"，画兄总是上前设套，几分钟内能使妙龄女子欣然听其摆布。然后找一个位置坐定，画兄就瞄一眼在画册上画一笔，间或喝一口啤酒，头一高一低，像鸡啄米，再点燃一只烟在左手指间，烟雾缭绕像蛇，画笔圆润传神，一支烟抽完，画就出来了。妙龄女子细细读之，称奇中平添几分敬慕。画兄的酒嗝涌上喉咙，但压住不让其喷出，手掌摸摸胡子上的酒汁，陶醉地听着围观者对画的赞赏。接下来，画兄给墨水瓶拧住盖，笔拧上帽，一把抓过塞进夹克兜，猫腰站起，手掌一挥召唤摊子老板过来，付了酒钱，也一同替妙龄女子付了饭钱。

画家都好"色"（颜料），画兄除此之外有些偏爱女人，嘴里侃女人，眼里读女人，睡觉想着女人，画册里生长女人。若论画，他总是从女人谈起，语言必围绕形体。他说绘画艺术的精粹在此阴柔之美聚焦也。于是乎，画过的女人一张又一张，合起来足以够得上《大不列颠百科全书美女大全》了。他说，要行万里路，画一万张女人，活110岁，最好能返老还童。

画兄如此偏爱女人，家庭自然要乱方寸的，妻子百般劝阻只能使他"得陇望蜀"，女人一个连一个，走马灯似的从他的画室出入，气得妻子奈何不得，什么法儿都想到了，最终认命，只有听之任之，眼不见心不烦。

画兄的事业得以拓展，先是租房子建造梦圆画室，再以百倍的耐心循循善诱女门生，一招一式，巧设机宜，功夫纯青，运用游刃，弟子们视他总觉有圈金环灿然发亮。他使女人们解除一切武装，于赤裸裸中还原于洪荒，成为艺术品。

一幅又一幅精美的女人画诞生了，摆满整整一个画室，画家兄的目光依次闪过画面，脑海里思绪如入云端。一幅画就是一段罗曼史，一个美女就是一首诗。生活即艺术，艺术即生活，二者高度融合。赤裸裸是绝对的真实，更接近真理。画家兄这样认为。他已经超越了，如同天马行空，飘逸如云。

某君说，只有自己抓着自己的头发远离地面，才算超越。听此话，画家兄不置可否。他如是说，女人也，天下之宝贝也；女人也，超越之途也。既可让你上天堂，也可让你下地狱。我与画家兄对斟良久，听他对女人滔滔宏论，不由对他说，你都成描画女人的大师了。画家兄一笑置之，说"过奖了，哥们！"

拥抱永恒

　　诞生与消失，这个好大的惑，不知从什么时候起让我思索，记不清了。如果消失是诞生的影子，还不如说死亡是活着的人们的影子。少年时代读曹雪芹的《好了歌》，读出了沧桑，读出了宿命，但更多的是读出了冷峻。那么多的佳丽一个个逝去，留下了她们生前的艳丽和惊心动魄的人生历程。这还好些，这些佳人不管怎样，还有曹雪芹用辛酸的文字记录下来，让后来活着的人们一次次沉浸在她们的故事里。而众多生灵呢，大多化成泥土。这样说也许太冷峻了，事实是，大多平民的生与死的过程，是奔忙的过程，为生存奔忙，为繁衍的子孙奔忙。但不可否认，她（他）们在人生历程中已磨砺出一种生活的风格，情感的风格，生命的风骨，恰恰是这些东西的代代传承，形成了我们的民族意识。只是这些人生前太不起眼了，不像国君皇后那样被写入正册，也不能像一些贤士被写入外传。不能青史留名，那就干脆在墓前竖一块石碑，碑上刻着生前的子孙后裔，以示功德圆满，只是这些东西经不起漫长岁月的考验，不是让活着的人们铲平掉，就是被用来做了房的基石。

　　但不能否认，还是有一些人青史留名了，像孔子、老子、庄子、李白、杜甫、苏轼、曹雪芹等，有的甚至已逝几千年，但我们感觉他仍然活着，影响着我们的生活。这些人的生命力已超越了死亡的渊薮，思想化成了人类精神天空的星辰，他们得以与日月同辉，与人类同行。他们被尊为圣人、哲人、贤人、简单地说，他们的精神影响和引领了人类的生命状态、精神状态。他们之所以永存，归根结底是因为他们在对宇宙与人的生命的追索中找到了或者说靠近了永恒的东西。

我常常在黎明时分，伫立在阒静的原野。不远处的房舍、村巷已渐渐潮起人的声息。田野不语，只听见庄稼的生长声像婴儿吮奶。这时候，东方的鱼肚白开始嫣红了，边缘的几许墨云仿佛长上翅膀仓皇逃去，那是夜的影子。太阳在新的一天又要诞生了，那令人心动的云彩宛若它临盆的殷红。太阳诞生的过程很快，往往不到一分钟，就喷薄而出，这景观特壮丽。大地在欢呼，所有的生物在这一时刻几乎都仰视。太阳在最初诞生的时候很羞涩，脸像少女般绯红，似乎游移到树梢，但很快就变得热情四射，看起来是变小了，但变小了的太阳让我们睁不开眼睛。每每这时候我就想起走进每一位思想先哲思想中的那种感觉。然后是午阳，似乎是太阳的中年，那奔放的激情沸腾了整个寰宇。我常常在傍晚时分，同样站在原野望着西天夕阳西下。阳光很和蔼，像一位垂暮老人，光亮中闪着慈祥。冷峻点说，这一天要死去了，太阳已经完成了一个从诞生到消失的过程。看着西天辉煌的云彩，我不由想到，诞生是一种壮丽，消失同样是一种壮丽。紧接着，黑夜就要来临了，天幕上已依稀有星斗在闪烁，月亮在似躲非躲。我的脑海中就浮出"日出日落"，"日出而作，日落而息"，"日月交替"，"生死轮回"，前世后世，"阴界阳界"这些字词，我慨叹我们的先祖太有智慧了，早已在文字中融进了对宇宙自然那种深刻的感悟。

太阳在一天里的诞生与消亡，只是一天天地轮回，很少有先哲和平民们将它与人的生与死联系。诗章中大多写夜晚来临了，太阳就睡觉去了，从根本上已将太阳每天的诞生与消亡忽略了，觉得它是永恒的。这不难理解，太阳太伟大了，伟大的东西本身就是永恒的。很多人将男人比喻成太阳，那是指力量而言。但北宋的诗人苏轼的"月有阴晴圆缺，人有悲欢离合，此事古难全"诗句，将人的诞生与消失这个亘古不变的规律，同月亮的阴晴圆缺联系起来，很有点宇宙意识和温存感。苏轼的这几句诗曾多次引起我对人的诞生与消失的思考。

我从很多年前起就想，人类生命的消失给我们的启示应该是什么？当身躯终于背叛了活着的精神意志，是不是灵魂就从消亡的躯体上袅袅升腾，在浩瀚的时间空间漫游？因为人的真正生命是各类物质的组合，更是形与神的统一。而当生命终结，宣告一个物质集合的消散，灵魂就仿佛活者生前的影子，开始漫游。人是渺小的，在岁月的田野上只是一株草芥，人又是伟大的，因为人有思想，有意志。有思想意志的灵魂甚至比阳光更有穿透力，比光更有速度，它可以在一瞬间飘逸于宇宙空间，漫游于银河系。

从生的这端倒死的那端，就像两个驿站，中间的路途包容了你生命的所有内容。当然，并不是所有人都注定这不变的模式，生离死的距离如弹簧，对有些人很短暂，对有些人却很漫长，也就像一部电影，你可以在有限的时间创造无限的空间，就在于你扮演的角色，所表现的内容是不是靠近永恒的东西。也许对一些人，只是同样的一个形式，几个动作，尽管时间同样，但却显出他的生命就那样简单，而简单的东西首先很短暂。人生中重复是悲哀的。尤其是思想，要找到永恒的东西，或者情感，灵魂才能有所附依。

死亡让我们在生的同时，永远处在遥远临近的困扰之中。无论在任何地方，任何空间，它无所不在。它永远在你看不见，但能感觉到的地方冷峻地对峙着你。有些人之所以能超越死亡，是因为其思想灵魂已经到了一个仰为观止的境界，如同从九天云端俯瞰死亡，不仅有对死亡的超脱感，还有对生命所产生的悲壮感。

飞禽走兽的消亡，流星的陨落，是诞生与消亡的又一启示。死亡像一位披着黑袍的哲人，用宇宙间生命的兴亡向活着的生命暗示着活着的意义。对于生命，有的灵魂相伴，有的只是一个生的标本。人类也是如此，那些无所事事、醉生梦死的人与生的标本有什么区别？

死亡以其永恒，启示我们找到了生命的永恒。获得永恒的过程就是超越死亡的过程。人们啊，寻找永恒吧，靠近永恒吧，拥抱永恒吧，让思想灵魂像星星一样闪亮在人类精神的天空，这样的灵魂不会死亡，永远与精神同在。

西山上的神橡树

见到你的一刹那，我的心神被你点亮了，我们是不是上百年前有约，要不你怎么多次出现在我的梦境里啊，神橡树？

坪头镇安平沟的中午，因为织女河的潺潺流水更显宁静，瓦蓝的天空飘荡过丝帛般的云翳，让我感觉越来越接近蓝天，但我们还是向上攀援。淡淡的晨雾在我们到来之前已经对山上山下的所有树木叶子、灌木丛以及裸露的山石和巉崖进行了温柔的洗礼，只有流光像一道道金线，穿透那些依稀还在的雾霭，在空间里形成一个又一个光圈。也就在这个时刻，我为一种愈来愈浓郁的味道渐渐沉迷，我逐渐落在了作家西山采风队列的后面，如此熟悉又猛烈的味道，让我顿时停下了脚步。

我是许多次闻到过这种味道的，曾几何时，在我的梦境里，这种味道曾经以多种色彩出现：醇香是金黄色的云缕，甜润是深红色的云缕，而苦涩则是墨绿色的云缕。不同于此时此刻的是，在梦境中，我是由一个片段一个片段的完成来走近你的。这个梦好长好长，从我的少年时代就做起，几十年来，在我的梦境里，我记不清有多少次在这座山里面的山路上攀援，我不是被山间的织女河迷醉，就是被瀑布声吸引，以至于很多次我的梦没有做完就醒，下次做梦也许在几月后，也许在好几年后，我会重新进入这个未做完的梦境，从上次结束的路段继续我的梦。我记得，从我步入中年，我在这个梦境中就已经多次同你的味道相拥抱，以至于你的味道以色彩形式多次让我因迷恋而停驻。而每当我在夜深人静时从梦境中醒来，我对自己充满深深的自责。后来的梦境中，我终于顺利地从你的味道中实现穿越，但当我一步一步走近你，才发现你早已经幻化成一棵巨大的橡树，在我仰头观之的高度，伸展着蓬勃的树冠和浓绿，几乎同蓝天融为一体。阳光像金线一样从你的叶隙间试图穿越，但被你浓密的叶子解析成一缕缕光斑，这些光斑有的撒落在你旁边松软的土地上，有的在你的叶子上恣肆地跳跃。你的身子好硕壮，需好几个人的手臂连接在一起才能搂抱住，已经完全超出了我最大的想象。而在我仰视你整体的时候，我看见你氤氲在一片圣光中。

我是最后一个跟你亲切拥抱的采风团的一员。我曾在梦境中走近你，又历经几十年的岁月同你相约，在现实中你依然如此高大硕壮，如此亲切随意，像大山的一个组成部分，自然而又雄伟。我抚摸着你被时光雕刻的一道道纹路，想象着数百年来，你在这个山头，历经无数个春夏秋冬、风霜雪雨、雷电冰雹，你始终不放弃成长的信念、生命的信念。尽管你的成长历经数百年岁月流光的痛苦，但你是那样坚韧，那样顽强，默默地承受着自己的命运，同时也默默地热爱着自己的命运，并接纳了来自天地，来自自然的一切温暖和严酷。正因为如此，你成了西山精神魂魄的象征，成为我们心中的神。

这天夜里，我们下榻在西山拓石镇的胜利酒店。同房间的文友已经香甜地睡去，我仍然不能入睡，恍惚中，我随着窗外的月光银线进入梦境，悠悠然，来到了你的身边。月色中，你透着神秘，透着迷离，依然保持着扎根大地、拥抱天空的姿态。这时候，一阵微风吹过，我似乎听到了跳跃在你叶子上的《月光奏鸣曲》，如同天音，充满神性。

珍惜时光

早晨过去是中午，中午过去是下午，还没顾得上伸懒腰，夜就悄然来临了。如果不曾做梦，一天不会再延续。

日历就这样过去了。

一年就这样过去了。

常常在和煦的阳光下，缅怀已逝的曾经拥有阳光的日子，太阳就已西斜。常常在淅淅沥沥的雨天里体味时光的脚步，不知不觉，脚步声转瞬即逝。常常在早晨对着镜子梳头，稍留意间发现，额头又添纹络，头顶又脱毛发。回到故土，家乡变得陌生，走在街巷，跑过来一群孩子，已经叫不上名字，似乎像好些年前的小伙伴，而无意间摸摸下颌，胡子硬似钢刷。

随便走近一堵古城墙，就看见风吹雨蚀的印记，已不再是当年虎生生的壮汉，心想才过去多少年，扳指头一算，心头感慨不已：二十年的光阴如掷一支烟头。

真想扼住时光的缰绳，不让其飞走，真想唤回往昔的欢笑，再体味儿时的天真，但一切都是徒然。

所以，我不由加紧了生活节奏，白天不敢轻易偷闲失去时光，夜晚不敢轻易离开台灯进入梦乡，即使在睡眠，我也希望用做梦来延续生命。

我不知疲倦地工作，是为了给这个世界上留一份财富，我不分白天黑夜地笔耕，是为了给未来世界的天空添一颗星斗。虽然我的生命会有终结，但我的精神会永生。永生的精神，也就是我的生命以另一种生存方式在这个世界上的延续。

哦，彬县

现在想起来，那年八月的彬县之行，我的内心依然充满神圣和感动。

那是我第一次踏上这块土地，我作为陕西作家彬县读书笔会中的一员，与三十多位学员和老师连续十天居住在彬县彬州国际花园酒店，中午听各位名家老师讲课，下午随彬县带队的领导和导游参观游览。在那些难忘的日子里，我强烈地感受了彬县人的热情好客、彬县的经济和社会事业的飞速发展。尤其是彬县丰厚的历史人文，让我的灵魂一次次震颤。

彬县是我神往多年的地方，在我幼小的记忆中，常常听父辈们嘴边挂着一句话：好得像豳州梨子一样光堂，没疤疤。可以说，豳州和梨子是最早进入我记忆里的意象。我曾经想象，豳州一定是个盛产梨子的地方，而那里的梨子一定是世间最好看，也是最好吃的。记得在我孩童时代，一个秋天下午，我去家门红脸叔叔家里听收音机，正好家门哥哥从单位回家休假，见了我，用手摸摸我的头，然后揭开柜子取出一颗梨子送给我，说是他的彬县同事从家乡带来的，是豳州梨。我问家门哥哥，彬县是豳州的吗。坐在炕边抽旱烟的家门叔叔笑了，告诉我，彬县和豳州一回事，就像你，你爹叫你喜林，你娘叫你林娃子。至今，我记得，那颗梨子色泽鲜亮，像一个小葫芦光滑圆润，我还记得，那颗梨子我揣在衣襟里舍不得吃，直到傍晚时分，我一人跑到城壕边，靠在古老的城墙根，望着西天的夕阳余辉发了会儿呆，才取出那颗梨子一小口一小口独自分享了。

从此，那梨子带给我的陶醉感，以及有关彬县和豳州引发的神秘感便深深地沉淀在我的内心。以至于后来我吃了那么多梨子，都没有吃出那颗豳州梨子的味道来。

在彬州国际花园酒店我居住的房间里，每天都有一盘子豳州梨子供我享用，白天，我舍不得吃，都是在夜间静悄悄的时候吃的，每次我都会想起靠在故乡城壕边的墙根第一次吃梨子的情景，内心总是涌出温暖和感动。我在想，从对彬县的神往到踏上这块神奇的土地，中间相隔几十年，那种由梨子引发的情怀也在我的生命里氤氲了几十年，为什么那种感觉仍然历久弥新。我还在想，为什么在彬县，我有一种回到故乡的感觉，晚上睡觉没有丝毫的漂泊感，不像在其他地方，甚至生活和工作了十多年的地方，晚上睡觉老感觉床在动，好像漂泊在水里的船。甚至于彬县处处洋溢的气息，都是那样熟悉。

随后每日下午的参观和游览，打开了彬县神秘的大门，我惊奇地发现，彬县的村落，彬县的村巷，彬县人的语言，彬县的小吃，都跟我的家乡惊人的一致。在程家川古朴的乡间和民居间，在林家堡农家乐，在古豳民俗馆，在游览车行进中经过的窑院、颓弃的老宅院，以及残垣断土墙，我都有种恍惚感，我好像回到了家乡彪角镇。

我的家乡彪角镇位于岐山和凤翔的交界处，一条古雍时的皇家河从镇区穿梭而过，至今留下宽阔的河床。雍河两岸窑洞遍布，暴雨来临时，上百孔窑洞被河谷的风吹响，像巨大的土埙奏出大地的心声，惊天动地。我在彬县参观游览中，处处可见跟雍河边一模一样的窑洞，还有跟雍河边一模一样的荇草和树木。就是雍河边生长的树木以及我的村子的树木，也和彬县的树木惊人的一致。我们村子有一棵古槐，跟彬县程家川古朴的村庄和民居间的古槐如同孪生。就连我家旧居前后院子的老槐树，也在彬县的乡间能找到对应的树。不仅仅是相似，而是一种神似，从形体到气质上的一致。

在彬县的公刘墓地拜谒，我的思绪如天马行空，穿越岁月的时空。我看到了一位仁者，他就是公刘，率领部落民众迁徙到了彬县，在这里刀耕火种，因地制宜，发展生产，并南下渡过渭水，取用那里丰富的自然资源，使后稷的子孙出现繁荣中兴的局面。我看到了古公亶父恢复祖先后稷、公刘的农业，秉承祖先仁义之遗风，面对西北边地的戎狄进攻，以德报怨，将许多财物给他们。当戎狄仍不满足再次进攻时，为了让众多百姓免遭涂炭，古公亶父只带了少量的私人亲属与部属，离开豳国，定居岐下周原一带，新建诸侯国。我看到了古公亶父的后裔文王和武王带领周人披肝沥胆，建立强盛的国家。我在浮想联翩的时候，脑海中就有蜿蜒的闪电，像龙在图腾时闪耀出炫目的圣光，在这种圣光里，我看到了后稷、公刘、古公亶父、文王、武王，我看到了彬县的山河上空、周原的天空、还有我的故乡彪角镇的上空闪耀着祥瑞之光。我看到了彬县龟蛇山幻化成巨大的龟蛇在天空飞舞，龟甲和蛇鳞发出金色银色的光芒，同我的家乡雍河里腾飞在天空的独角兽神彪交相辉映。我看到了雍河边的古窑洞幻化出一个个家园，那些身披蓑衣的祖先跑出窑洞，仰望着天空，朝着彬县的方向顶礼膜拜。在这一瞬间，我恍然顿悟出我一直以来对彬县心理上和精神上的情结。彬县不仅是我的祖先的根，也是我与祖先的情感之根、精神之根。

在作家读书班圆满结束，我离开彬县的这些年里，我多少次在想念彬县，多少次在梦中飞翔在彬县和彪角的天空，我深深体会了那些在我认识的人中叫怀彬、思彬、念彬的名字的含义。我曾经问过那些人，何以取这个名字，有的告诉我，是在思念祖宗，也有不解其意的去问父母，父母也说不清为什么，我就想到了这可能出自一种天然的感应，一种对彬县精神和情感上的某种说不清道不明的情愫。彬县啊，不仅跟我们同祖而且同宗。

我常常想，自从童年时第一次吃豳州梨，我其实已经在不自觉地走向彬县，这是一种精神上的潜滋暗长，是一种根系的回归。我知道，我的情感和精神的根会在彬县丰饶的土地上深深地扎下去，我的灵魂喂养的鸟儿也会不断飞越彬县远古的天空，去感受、探寻彬县的历史纹理和岁月的温度。我知道，这是一个无休止的精神之旅，更是一个神圣的精神和灵魂的狂欢。

哦，彬县！

李晓峰诗歌的文学意义

　　《行走的野草》是陕西实力诗人李晓峰出版的一本诗集，由陕西新华出版传媒集团太白文艺出版社出版发行，细细读之，感受颇深。

　　李晓峰的诗，看似自由无形，细细读之，大多有瞬间移山填海、倒转乾坤的神力，这是他语言文字的速度决定的，他诗里有大的宇宙，也可以说心是放大的，大度包容，连一丝云翳、一粒纤尘也不放过，他诗里的意象往往是痛点，又是痛点中的痛点。当他的诗歌进行时，你看不到他的抵达方向和目的地，还在他的反讽中沉思呢，直到读完一首诗的句子，才发现远远没有结束，诗思在意念中继续进行，文字快如光速，带你进入陌生星河。他诗里的红外线不是直线形的，而是跳跃和螺旋形的，所以他能让文字在急遽飞舞中引爆一个个意象和痛点。他的诗歌内部秩序就这样看似缭乱又精准有序并存着。李晓峰的诗看不出讲究字斟句酌，如同坊间美女素面朝天，不油腻不臃肿不搔首，保持着良好的原生态，我想这也正是他的诗飞得高、沉得深的自然性。

　　所谓诗意美学，是建立在诗歌自然性基础之上的审美，也就是说是诗人从故乡地理出发，抵达情感地理再抵达精神地理后，在诗歌里衍生出的审美意绪。在这里，诗人通过物像至意象的升华，实现了诗歌自然性、社会性另一种个性化的呈现。李晓峰的诗不仅贯穿了上述诗歌精神，还在此基础上不断实现诗歌中人性这个"定海神针"的角度位移和转换。在《牛角号》中，他采用牛的呓语，人性化的呓语，透过漫长历史风烟，对牛自身命运，即被戕杀，再成为牛角号为新一轮更甚的暴力助阵，实质上以此对真正的人性进行无声的反衬，看似牛在呓语，在一种近乎无奈中平静低吟，但已在人的灵魂中引发阵痛。在另一首《境界》里，诗人置身于时间之外，对此时的人间情境进行临摹，寥寥数语，勾勒出一幅仙境。但就是在这样的仙境里，哪些如同露水般风情万种的人和物，羞涩于技巧的成熟，也即是失去了自然性和初心。而山之巅，雨淋湿了白云，风景并不觉得沉重，这是否意味着一种麻木呢，而云瑞里，到处是飘飘欲仙，已没有人怀念的袅袅炊烟，这是否是无土时代人的灵魂的折光？这首只有九句的诗连接天地，在文字的急邃飞舞中瞬间完成了一幅境界深远的水墨画，实际上是一个诗歌的世界、一个有些禅意的世界，神与物游，天马行空，但深入进去是否有些反讽呢？有没有当下时间进行时的此岸况味呢？

诗歌是瞬间的智慧，叶芝如是说，实际上是概括了诗在形成过程当中的速度性，但诗再快的速度还要落实到诗歌的文字速度上。李晓峰的诗歌，文字速度之快已从《牛角号》《境界》中让我们领略。除此之外，我认为李晓峰诗歌中的梦魇，梦魇中的梦魇，也是构成他诗歌世界核心地段的重要因素。譬如《梦游》一诗：昨夜看见 / 有一台电视机长在了墙里 / 好看至极是真的 / 里边的连续剧 / 随时播放着你 / 这长在墙里的电视 / 就住在我的屋子 / 我渴望一贫如洗 / 我砸碎所有的东西 / 我祈福我一心与你 / 随时一集又一集 / 就在刚才 / 还在电视里看见你 / 绝缘的跑道上你姿势新奇 / 你还在世间 / 你未变的模样 / 荒诞又清晰。电视是司空见惯的东西，标志着全球化工业革命的全盛期，它的存在已与人类的存在如影随形，它不仅长在墙上，也在人的灵魂的投影里，诗人李晓峰正是基于此，反过来写出电视对人类生活方式乃至灵魂的异化。他借助梦游，在亦真亦幻中写出人生苍凉，道出：就在刚才，我还在电视看见你，绝缘的跑道上，你姿态神奇，你还在世间，你未变的模样，荒诞又清晰。这不仅是梦，更是惊心的真实。那个奔跑的人无休止地奔跑在电视里，奔跑成梦魇般沧桑的记忆。

诗歌是语言的极致形式，这种语言形式是非常态的，李晓峰的诗歌很好地体现了此特征。他的诗一直保持良好的自然生态，瘦身、健美、裸态；也一直保持良好的社会生态，正义、良知、向上；更一直保持良好的灵魂生态，纯粹、通透、空明。他的诗弥漫着浓郁的浪漫情怀和后现代色彩，在无为中产生了新的审美，产生了崭新的文学意义。

文学意义上的精神还乡

在陕西的实力散文作家群体里，张静算是出道晚一些的作家，但她和她的作品已是一个独特的存在。前几年我们经常在一块聚会，张静常常有些腼腆地坐在一边，偶尔插上一句话，小心翼翼，似乎一个小女孩坐在一群大人的身边。那情形又像她在散文《酒里春秋》中所写的那样，看到父亲酒喝得有滋有味，又让弟弟喝酒，她偷偷拿起酒瓶，轻轻地抿了一口，顿时辣得她直呵气，她这种孩子般天真的情形给我留下了深刻的印象。问及她的散文创作，她的脸上浮现出难得的羞涩，说她写的那些东西不好意思拿出手，纯粹是对文字的一种热爱。我当时就想，这个对文字如此敬畏，性情羞怯得像个小女孩的作者一定有她的过人之处。

果不其然，两年后，张静惊现于宝鸡文坛，她不是从小报小刊起步，而是一开始就在《四川文学》《湖南文学》《厦门文学》《华夏散文》《散文》《延河》等名刊"狂轰滥炸"，令人目不暇接，很快就有出版社与她签约《散落的光阴》出版版权，紧接着她的散文《风儿往西吹》荣获全国叶圣陶散文奖，并与著名作家红柯同台领奖，紧接着她的散文进入中国散文年选和排行榜。短短几年，张静在散文界异军突起，为陕西文坛所瞩目。

我一直以为，一个作家在文坛上最初呈现的状态与其创作实力和精神态势息息相关。这里所说的创作实力，包括生活积淀、学养、对生活的思考、洞察力和表现力，而精神态势是指形而上的，诸如情怀、文学气质、格局和气场、境界的高远。鸡和鹰的态势是不一样的，放起花与放卫星的态势是不一样的。鸡也在飞，但充其量只能飞过墙头，飞到树上去睡觉，鹰却能搏击长空。从这个意义上说，张静虽然出道晚，但在此之前已经蓄积了丰厚的创作实力，也已经具备了足够强的精神势能，她的出现有着闪亮登场的意味，其状态是井喷式的，她具备在长空飞舞的精神气象。

《风儿往西吹》是这本集子的压卷之作，也是张静最具代表性的散文作品之一。这篇散文写风，写关中西府人与之形影相随的风，文章中的奶奶是一个洞明世事、人情练达之人，她能闻得出南风和北风，因为南风是从秦岭山方向吹过来的，湿润润的，有草香，北风是从光秃秃的北山吹过来的，有呛人的土腥味道，因为她们那个庄子离秦岭山远，一年的风大多来自壮如土疙瘩丘陵相连的北山。风在村子里呆长了，就来回客串，能将庄东头的饭香味带到庄西头，于是此时的风就已经从自然状态进入了生活状态和社会状态，风的味道就成了乡村的味道，风直接或间接参与了人的生活和情感，到文章的最后，作者写道风将村子吹苍老了，这里的风已经进入到时间层面。

写风霜雪月的文章不少，但能像张静这样将风跟人的命运相濡以沫生动展现的并不多，通常我见到的有关风的文章大多没有方向感，没有味道，没有立体感和纬度，有的简而化之写为"清新的风，冷冽的风"，没有将风的形象逼真地表现出来，缺乏风的质感，一句话还是表现力的问题，而表现力最终落实在语言文字上，需要作者敏锐的观察力，捡拾生活细节的能力，这些能力绝不是可以从经典中提取、效仿的。即便有人效仿了，也只能造出仿品，如假话、假景和假风。表现力来自心力，来自身体的真切感知，眼睛是身心的触爆点，如同点火器，只有心跳加速，灵魂才能急遽飞舞，很难想象，一双在尘世中早患疾病的眼睛如何能准确传达给心灵真实的存在，再加上心灵尘垢堆积，灵魂自然缺乏飞翔力。张静笔下的风是内心和灵魂生发的镜像，她写的风有出生地，有故乡地理、情感地理、精神地理，能看得到、摸得到、闻得到、听得到，有痛感顿悟感。她之所以能将风写得出神入化，取决于她对风深刻的理解，对风的理解取决于对乡村人事在风雨飘摇或风化状态中的理解，她是通过风理解乡村的内心，又透过乡村的内心理解风，她巧妙地借助风力深入乡村内心最敏感的地带，同时也进入人心最敏感最柔软的地带。

《乡村药方》《风箱记忆》《油坊往事》《怀念土炕》《远去的筐箩》是写乡村陈年旧事的散文，因为是遥远的记忆，经过岁月的过滤，反倒更真切。这几篇散文的视角和切入点，不是大而是小，与《风儿往西吹》恰好形成对照。前者以实写虚，后来以虚写实，但实并没有写得密不透风，虚也没有写得渺无边际，如同形与影。张静在视角切入点的变化中，勾勒了一幅幅乡村的工笔图画，在文字的色彩上始终赋予画中画外灰白的底色，也就是乡村特有的底色。散文是以真为前提的，任何一处不经意的细节失真就会使作品露拙，会损伤作品的真实感与读者之间的信任感。张静的散文，不论是文字的感觉还是细节的提取，都很好地贯穿了散文的精神内涵，在强烈的现场感中实现了与读者情感和心灵的互动。从她这些散文里能看出天地，看出日光流年的云翳，看出世态人心。

这本名为《另一种抵达》的集子里，还有一些散文是写植物和空间的，如《草木尘香》和《大地飞歌》，这些文章和其他文章共同组成了张静笔下的乡村世界。这个乡村是她的故乡，实际上是那个时间段中国乡村的一个缩影。张静用她传神的笔触，还原了那个依然存在于记忆中的故乡全貌，实现了真正意义上的精神还乡。她始终以孩子般澄明而天真的目光去看世相，以纯净的童心去感受人心。尽管她走出故乡好多年，她还是那个对世界充满好奇，对生活充满想象，常常在不经意间露出羞涩的女孩子，她在如云的岁月中保持了她的初心，在创作中自然就多了独特的发现和独特的表达，多了纯真、纯善、纯美和诗意。这也是她有别于其他一些散文作家的不同之处，或者过人之处。尽管张静的散文仍有提升的空间，但就她目前的创作态势，无疑是可喜可贺的，是陕西散文界一道亮丽的风景。

乡土文学的深情表达

　　王小勃是我喜欢的年轻作家，长着一张孩童脸，似乎永远充满好奇。记得前几年第一次见他，是在宝鸡的古味铜火锅店吃火锅，小勃在我们宝鸡作家群里就是个小孩子，似有羞涩之状，恰恰就是这种气质，让我对他产生了好感。我在想，文学天赋向来不以年龄论高低。自古英雄出少年的事，已经在古往今来的历史中屡见不鲜。读了小勃的小说作品，更加坚定了我的判断。我很惊异和高兴，他的起点比较高，没有辜负我的期待。

　　小说创作是文学门类中最能体现作家的思想积淀和耐力的文体，是一项体力活，如同打土坯，要打得结实还要掌握好适度。小勃虽然年轻，但显然已经具备了这样的能力。这几年，我断断续续地读了他发表在《飞天》《延河》《鹿鸣》《群岛》《秦岭文学》《秦都》《渭水》等刊物上的小说作品，总是被他那种充满清新的小说气息和叙事新鲜感所吸引、所折服，尤其是当他将自己近年来创作的中短篇小说汇编成册，让我审读，让我的这种感觉更加强烈。

　　小勃的小说大多描写情感，描写当下物质时代对亲情爱情的挤压和非常态，显现出人性的变异而导致的情感错位和逼仄尴尬的境遇，甚至由此产生的悲剧带来心灵的疼痛，但他的写作地理是乡村的，是根植于深厚的故乡地理的，由此及彼，他的情感地理、精神地理是有其丰厚的根性的，这就使他的身份感在小说里体现得特别鲜明。特别是他创作的最有代表性的中篇小说《虹》，更能体现这些特征。

中篇小说《虹》，通过对主人公人生命运的丰富描述，以及其悲惨的故事呈现，深刻地揭示了一个带有普通意义的社会问题，就是人所面临的成长悖论，作为一个个体在不断成熟、走向成功的过程中不可避免地会遇到一系列的困难和挫折，而这些困难和挫折又是必须要去克服的。那么，究竟运用哪一种方式去解决呢？主人公在面对第一个竞争对手时，通过自己的努力，让对方知难而退。不同的是，他挫败第二个对手的手段和工于心计，却是道德对恶的全面溃败，是恶的登峰造极的胜利，但最终主人公在挫败敌手后也挫败了自己，也就是说，主人公在这个过程中严重地破坏了自己的环境生态和精神生态，灵魂被物欲和邪恶挤满，充满自私和贪婪，由此连带着破坏了家庭的生态，主人公的妻子整日整夜与麻将为伍，以此填补灵魂的空虚，疏于教育的儿子强强最后竟然死于非命，一直以来都让他引以为傲的女儿英英也与他几乎形同陌路。难得的是，小说从一个家庭悲剧实际上体现出一种普遍意义来。这篇中篇小说以书信为结构，看起来是老瓶装新酒，但小勃运用得很是游刃，这是主人公写给未来的信，且通过一次次给未来写信，一次次对虹的递进描述，将小说的气象上升到神性境界。当主人公的人生完全绝望，所有的生活因崩溃而失去意义，主人公就只能诉诸于未来了，小说的结尾别出心裁：

未来，那天晚上我透过窗户看见院子上空横架着一弯彩虹。在漆黑的夜空独自散发着明亮的七彩之光。我不清楚其他人是不是也能看得这么真切，这却是我好几次都见到的虹了。每一次，总在我最无助的时候它就会如约而至。像是给我暗示着什么，又好像是在召唤我前往那没有欺瞒与毁灭的空灵世界。虹的两端连通着希望，连接着满是幸福的希望。看着虹，我竟滋生出了一丝兴奋。未来，我的故事至此已经讲完，现在我十分清楚接下来要做什么了。

我起身下了炕，顺着楼梯上了二层半的房顶。踩着瓦片，微笑着一步步踏上了连接着房檐的"拱桥"。小说中的虹既有安魂之意蕴，又揭示出乡村文化意识魂身分离的深刻性。

我一直认为，小说是一门飞翔的艺术，小说的精神之羽应该翱翔九天，而不能像鸡一样只能飞上架，或者飞到树上去睡觉，而这取决于作家的想象以及精神能量。小勃这个集子里的其他小说也以各自不同的姿态，呈现出小说瑰丽的气象，但无疑《虹》是最出色的，从中能看出小勃小说深厚的功力。无论从语言上、节奏上，还是在人物内心刻画上，都能代表他小说创作的整体水准，能感受到他作为一个八零后作家所具有的新锐锋芒。

当然，作为八零后青年作家，小勃在创作中难免还存在着一些需要继续完善下去的地方。比如，关于眼界的问题，关于创作气场的问题，关于一个年轻人对生活与生命的透彻感悟的问题等等。不过，好在他还年轻，他还在进行着比起同龄人来说更加难能可贵的坚持。他的这些问题受限于年龄和阅历，我坚信随着他一步步成熟，都是可以克服掉的。

正是基于此，我很看好小勃，对他以后的创作充满信心，只要他坚定地走下去，会有一片灿烂的文学天空。

春花秋月总是情

　　闫瑾是宝鸡文坛近年来很活跃的一位青年作家，她的散文和诗歌以其情感真挚和语言柔婉广受瞩目。当她将即将出版的散文文稿《我们在一起》交到我的手上，邀我写序时，我是既为她高兴又倍感压力。这几年，让我写序言的文友不少，答应下来的，有些至今还没有完成，我总想在情绪状态最好的情况下完成序言写作，以对得起文友们的辛勤劳动和信任，所以这篇序文也是拖了很长时间才匆匆完稿的。

　　散文集《我们在一起》分为三辑，分别为"天籁之音""世相即景"和"亲爱印痕"。三辑独立成集又互为联系，从各个方面展示了闫瑾丰富的情感世界和精神世界。

　　散文的本质意义是真，在闫瑾的散文里，始终贯穿着真情，她寄情于春花秋月，或寄情于山水之间，更寄情于生活中的人。这些情感的抒发和累积，形成了她丰富的散文世界，这个世界里有天有地有人，是她的内心生发的，纯净透明，如梦如幻。在第一辑里，闫瑾用细腻的、近乎工笔画的笔触描述了春夏秋冬的景致，实际上是用眼去观看，用心去体悟，是在打开一个内心与自然交融的通道，她首先将自己的身体和内心打开，同大自然相濡以沫，面对天面对地，面对万物，呼吸随着大自然的律动，以裸状的心去感应光线、云缕、风雨、树木、花草、山水，尤其她从各个不同角度描写春的神韵，《麦田三月春意酣》《春的遐思》《品味春天》《春的气息》《探春》《三月絮语》《独行》等，展现了她对春天情有独钟的热爱和感应。《夏的绿韵》《半夏时光》《听雨》《秋雨》《触摸冬的气息》等篇章，形成了她对四季全面的感悟和体会，从中可以看出闫瑾对天地自然与生俱来的好奇和相通，她是不放过每一个自然的瞬间的，时光的云影在她的文字里氤氲，美妙鲜活，每一天都是那么奇特，每一天都是那么珍贵，那么美好，这些都是闫瑾的散文给我带来的全新的启示。

一个生命的个体，总要同所处的生活发生关系，而能与天地自然和谐相处，势必注定了其对人和事的态度。对于一位作家来说，格局以及人格修炼的发端就在于此。闫瑾的散文里很好地贯穿着这个特征。从第二辑中可以清晰地看出他对生活真诚的态度，她写了周姐、惠姐，写了许多人，还写了自己所工作的工厂，情感真挚细腻，内心坦荡温和。从这些文字里，不难看出，她处世的积极态度和良好的生活工作态度。"人不能孤独地生活，他需要社会"，她在第二辑题记中引用的歌德的这句名言，抒发了她对生活深刻的理解。

最后一辑是这本书给我感受力最强的一辑，也是更能体现闫瑾散文特色的部分。首先从散文的情感地理上，闫瑾通过对凤翔故土上老屋、崖背、麦场、麦草垛、水井、牛圈、拐窑、窑窑等陈年旧事的描写，栩栩如生地还原了她的童年世界，将她最初形成的情感审美，通过记忆的文字复生。不同的是，闫瑾的文字不是单一的叙述，有细致入微的描写，院落、土炕、田野、树木、拐窑、农具……都散发出乡村的味道，光影光线闪烁在她的文字里，她笔下的昔日家乡图景，是一个充满灵性的肉身世界。情由心生，境有心造，散文情感地理是从故乡地理衍生和升华的，故乡地理的形成是潜性的，是从芜杂无序的生活中提取的，是需要时间的发酵、沉淀，最终库存在记忆中，是从尘境到真境的一个自觉与不自觉的过程。看得出，闫瑾的散文从物象到意象、从情绪到情境、从物理性到心灵化的每一段转化过程都自然天成，无痕无迹。

尤其是《育儿笔记》和《太婆》《妈妈》《姨》《病历记》等散文，是纯属心灵史的佳作，感人至深，催人泪下。作为人子、人母、人妻，闫瑾将每一个身份担当和互换的情感毫不保留地呈现给这个世界，心路历程是裸状的，真诚、柔婉、坚毅、至情、至爱，崇高，这颗心历尽人生沧桑，不仅纯真纯美如初，而且闪耀出爱的强大力量和人性的光辉。我始终以为，真正意义上的散文应该始终具有通感通透通灵的特征，换句话说，就是作者将自己内心写透明了，要做到这一点非常不易，首先要具有直面自己内心的勇气和能力，只有心灵剔透、精神高贵的人才能做到。闫瑾真正做到了，她用文字打通了自己生命个体与世界相通的通道，让我领悟到一个人只有坦荡无私地面对生活，用赤子之心去拥抱生活，生活才会向你张开温暖的怀抱这个朴素又深刻的道理。

内心充满阳光的人总是在温暖他人的同时温暖自己，内心装满月光的人总是在温润他人生活的同时温润自己的生活。在闫瑾的散文里，我处处感受到这一点，她始终以真的秉性、善的情怀、美的品性，天真而温和地面对这个世界。在她的文字里，听不到一丝叹息，读不到一丝幽怨，看到的是丰富而美好的内心世界，是一颗玲珑剔透的心。这颗心是初心，是大自然滋养的，汲取了日月之灵气，天地之精华。有这样的境界，才能有这样纯净而美好的文字。

她说，我是幸福的，因为我爱，因为我有爱，道出了爱的平凡和伟大。这是她的肺腑之言，也是她散文的高度。尽管她的散文创作还有提升的空间，我依然对她充满信心和期待。

沉甸甸的收获

鲁翔送来《西府诗文选》编排稿样，让我在百忙之中抽时间写个序言，我郑重地应承下来。这几年，邀我写序言的文朋诗友不少，答应下的，一部分至今没有完成，我是一个很笨拙但又对文字比较苛求的人，总想在最好的状态中完成，不负朋友的信任和托付。鲁翔连催我几次，我就想他可能已联系好此书的出版事宜，急用稿，于是只能匆匆完稿了。

《西府诗文选》是西府文学社编辑出版的一部作品集，鲁翔是该社社长，这个文学社是纯粹的民间自发组织，宗旨是联合一切热爱文学的诗友，交流、采风、出作品，形式灵活多样，以此繁荣文学创作，推动精神文明建设。这些年，我亲历了西府文学社的发展和壮大，对鲁翔以及该社的骨干的默默奉献心生敬意。

《西府诗文选》收录了西府文学社众多作家的作品，是西府文学社成立五年来作家作品的一次检阅，分小说、散文、诗歌、评论。李君的小说《洗木桶浴的女人》，这是他近期女人系列小说的开篇之作，文笔洗炼遒劲，透出真切的人生世相和沧桑，写出了个体生命在特定历史生态中的历练和命运，写出了爱情理想与现实的巨大落差，还原出那个时代的肉身和灵魂。冯积岐的小说《女人今年二十三》写了一个农村少女弑母的故事，但小说将此仅作为一个背景，重在写自由舒张的人性对世俗重压的背叛和搏杀，当那种世俗的力量将人性的自由封锁到快要窒息时，不可避免的悲剧就发生了。这篇小说看似纪实，叙述从容不迫，但带给读者强烈的内心震撼。朱百强的《盖房》，看似写实性强，围绕建房写了那么多鸡零狗碎的烦心事，但透过这些描述，已经触摸到了当下乡村文化的心理脉搏，写出了乡村本来意义层面的道德人伦甚至亲情在物质时代的肢解、破碎中的疼痛。朱百强很好地发挥了他深谙乡村生活的长处，小说有着浓郁的西府文化特色。还有姚伟的小说，行文稳健，笔锋更加老辣。文锁勤的小说《善良的欺骗》写得丝丝入扣，人物栩栩如生。常红梅的小说《疯娘》语言饱含真情，有散文的美感。王小勃的小说《好好先生》字里行间透出新锐的光芒。季纯的小说《体验生活》有种诗的意境。

散文创作方面，李虎山的《哭泣的练沟》情景交融，语言疏密有致，尤其对夜晚的景致刻画形象生动，使散文的情景充满寥廓的空间。王维新的《狼桃》怪异独特，妙趣横生，在角度位移中凸现出新的思索，具有浓厚的寓言色彩和反讽意义。乔栋的《遛蛇蚤的人》风趣幽默，辛辣奇特，将西府俚俗与现代意识有机地融合在一起，颇具新意。文雪梅的《莲池巷纪事》充满温馨，在记忆交错中让记忆饱含时光的温度，道出人生的温情和滋味。还有蔡广林的《宝鸡植物园赏菊》，张静宇的《家有小女初长成》，黄亚莉的《冬季，恍如昨天》，闫瑾的《触摸冬的气息》，魏云霞的《渭水河畔祭清明》，闰土的《半山坡那几孔窑洞》，或书写亲情物事，或追忆述怀，体现了作家们的新的散文审美情趣。

诗歌创作是西府文学中最活跃的一个方面，就我所知，西府文学社举办了多期诗朗诵。这次收选的诗歌作品有不少名家的新作。白麟的《白生生的油菜花》想象奇特，从油菜花联想到母亲，情感细腻真挚，有种生命的壮丽和柔美，诗里的意象交叠跳跃，既空灵又将情点落实到字里行间。白立的《李白喝多了还能不能干正事儿》一反传统诗歌的框囿，在语言上回归母语，让诗思载着初心，剥离掉繁多意象的束缚，发出了自己饶有趣味的诘问，透出诗歌现代性的折射。秦巴子的《在鸟鸣中醒来》有一种回归自然状态的况味，氤氲着一种纯净的诗歌生态，这种生态在时间性上与现在进行时互动，情景清新而真切，但其属性还是哲学意义上的一种情境，是一种精神状态下的生存意境，《在鸟鸣中醒来》《五座山峰》有着哲学中的哲学，存在中的存在境界。杨广虎的《终南山，春天里》这一组诗，诗思灵动，寓情于景，诗歌唯美而真挚，透出独特的诗性浪漫品格，有强烈的情感冲击力，诗里感人的地方既是情点又是痛点。王宝存的《寺沟》，是基于一种最初情感状态下的精神还乡，是对当下乡村陈年物事的亲近和感伤，其核心意义是乡愁。王宝存试图或者不自觉地深入乡村里最隐秘、最易被遗忘的地方，去亲近窑洞，与松鼠对话，与麻雀对话，而这些生灵与老屋共同厮守，已成为我们精神情感上的疼痛，越是描述真切，越是凄婉感伤。荒原子的《行走》《无题》正应了叶芝所说的诗歌是瞬间的灵感，在他的诗歌里，可以感受到一道道蜿蜒的闪电在诗句里闪过，那是灵感的影踪，在《行走》里，他和小燕子相互和谐，就是一幅生态画，也是他一直以来保持诗歌内部生态的特征，而在《无题》这首诗里，呈现出他奇谲大胆的想象和瑰丽通透的意象，洋溢着浓郁的审美趣味。陈泯的《秦岭晨话》《巨大的虚构和想象》诗思飞舞灵动，自由舒张，看似任想象随意穿越不同的时间地段，在自觉与不自觉中已实现了诗歌在形成过程中自身的飞翔，以及在时间空间轨迹中的放置。梁亚军的《奶奶》《丧失》从内心和灵魂出发，有着病态化的诗歌症候，以此漫洇开来的是对人的生命意识在自然中变异状态的冷思，是在正常与非正常之间、人性与物性位移之间、阴与阳生与死之间连接和打通的突破。梁亚军的诗中魔性与神性并存，充满神秘色彩。陈朴的《宝鸡，今夜请把我忘记》情感冲击力强，透出彻骨的悲悯情怀，诗人站在32层高楼阳台，俯瞰城市的夜晚，视角定格在城市的农民工生存状态，不过，这是诗歌里的地理高度，其精神高度在诗里诗外飞腾。史凤梅的《在秦岭》以一颗玲珑剔透的诗心，在秦岭山水间放逐，将个性生命与大自然水乳交融，诗中意境深远，想象奇特迥异。李宝萍的《谷雨》从生命的孕育和生发着笔，将诗思放飞在大自然神秘的空间，虽然笔触从容不迫，有工笔画的细腻，但诗的情境和空间有了深远联想。赵亚玲的《麻雀》联想丰富，情感真挚，将对麻雀这个小生灵的怜悯和关爱写得动人心魄。任雪莉的《逸江夜色》《羌寨》注重情景中诗意的流动，诗句如心曲，纯真而又委婉。苏微凉的《鱼骨图》《火车》新颖别致，富有哲思。七月椰子的《盛世的莲》构思精巧，耐人寻味。马立的《虞姬》诗情饱满，想象引人入胜。范江玲的《望月》借月亮抒发亲情，真情感人。玉玲儿的《风车》透出童真，温暖可人。还有伊梅的《年关将近》写出了对农民工的极度关切，王保强的《造化》写出了一种世相，王立平的《镜子》道出对人生的换位思考，而薛娅的《我不知道》有种天问般的追思，更有种对人生不确定感和虚无感的怅惘。

本集中还收录了几篇颇有深度的评论文章和西府文讯，我就不一一赘述了，都是西府文学社近年来的收获。收获是需要辛勤耕耘的，是需要有初心和毅力的。在这一点上，岁月已印证了西府文学社的成长、发展和根深叶茂。愿西府文学社在未来的发展中，不断有沉甸甸的新收获。

八渡河遐想

跟宝鸡陇县八渡镇八渡河结识并产生遐想，缘于不久前的一次春游。

小车驶进八渡镇，进入绵绵不绝的崇山峻岭，因为从宝鸡陈仓区县功镇拐道，经双白杨镇，再沿鸭脖一样的曲弯公路前行，有时候感觉向南，有时候感觉又向北，有时候纯粹没有方向感，这种感觉完全是因为我第一次走这条路。

说心里话，我对旅游景点向来有种质疑和飘忽感，我不大在意传说之类的溢美之词，在我看来，许多人文景观也许因了数代人集体想象，情感堆积，沉淀了一种神秘，我们往往直观看到的是岁月的侵蚀和时间沉积的腐殖物。

下午，我沿八渡河游玩，感觉中，是在走进一幅画，车子在缓缓地走着，而画轴也在逐渐打开。八渡河确实很美，河水清清爽爽，看上几秒钟就会心醉，河水里有山的黛青，有天空的瓦蓝，还有绿鸟和红鸟的遨游，有时候，也有几朵白云在飘逸，起风时，像变形的白马在驰骋。当然，八渡河里有鱼群在浅层的水里游走，倒影反而在深水里了。

西武当牛心山坐落在陇县县城东南，吴山之北，关山之东，地理结构奇特，此处当属仙山宝地。沿河依次转下去，看到的是牛心山脚下的龙头峡盆地，面积约 5 平方公里，周围被山夹抱，森林植被茂密，草长莺飞。接着看到的是一段峡谷，十分窄小，两山几乎连在一起，传说唐代长孙皇后和宋代潘娘娘回故里省亲，要路过这里，当地官员两次修建了便桥，现在半崖上仍有当时搭建便桥时穿凿留下的石窟窿。我看了看山崖上的景致，未回过神来，就已经到了牛心石景点了。这是一块巨石，在山侧，远看其形状很像牛心。传说古时牛心山一带水多为患，负责治水的大禹借来神牛疏通河道，水患消除了，神牛却因日夜劳作，活活累死在山上。为纪念神牛的功绩，人们把神牛心高高地供在半山崖上，因牛心不稳定，老君爷派徐甲、伊喜从兜率宫取来三块玉瓦垫底，牛心得以稳固。后历经风雨变为牛心石，千百年来一直屹立在山上。

接下来，我相继游览了神仙掌、老君石、丹阳洞、观音洞、积水石、金钟、将军石、花果山、快活林、美人脚印、水帘洞、石锣鼓、酒坊、古槐、青阳峡、烧香台、玉女拜观音、英雄石等景点。次日中午，又游览了八渡河两岸的核桃林和山花。

此后，萦绕在我眼前和梦境里的是八渡河的水，弯弯曲曲，一路逶迤，有时候，这条水域浩瀚如天水，挟裹着一股势不可挡的气势，有时候，这条水域在丽日下，像一条银练，河水涟漪闪着鱼鳞般的光亮。这条水域从什么时候起形成并日日夜夜流淌不息？不知道。是先有西武当牛心山，还是先有八渡河？不知道。沿着这条河溯流而上或是顺流而下，有多少红男绿女在此徜徉过，在此眉目传情？不知道。杜甫的那首《青阳峡》是什么时辰突发灵感写下的？不知道。但诗歌流传下来了，流传下来的还有围绕牛心山那么多的景致，这一切是那样真实和可触摸。还有那么多的传说，我没有亲眼见到过，但不能说没有发生过，至少已经是存在中的存在了。当然不管怎么说，牛心石应当算得上是八渡河水域第一个存在者，也许有了这条水域存在，才有了牛心山上那么多的人文存在。

还是那条叫八渡河的水域，始终纠结着我，静静地向我流过来，将我的身心挟裹进它的怀抱，我被清凉的水汽袭击着，继而浑身上下氤氲在腥味很浓郁的水汽里。以至于让我时时想起童年少年时代在家乡池塘里一丝不挂地游玩的感觉。也许这条水域多年前就已经在梦里和我有过神会，跟我的精神世界有种说不清道不明的默契。

　　我知道，当我对八渡河产生遐想的时候，这条河流已经成为我想象中的一个部分，正如面对牛心山那么多的传说，里面有了很多想象的瑰丽色彩。我在想象河流，同时也在想象八渡河床上那一块块巨大的石头，想象那一块块石头上被日月亲昵过被风雨侵蚀过的印痕。我曾经与一块也许最大的石头静静地对视，石头缄默不语，我用手去触摸它，感觉是春天里石头的温度，如果是夏天呢，它应该又是夏天的温度了，拿石头比人心是不是如此，我想倒不一定了，石头能顺其自然，人心能顺其自然吗？也许人心会在夏日里猛然变得冰凉无比。由此类推八渡河的水，自然也能顺其自然，就像一面流动的镜子，真实地反照天空反照牛心山。

　　我在想象那块巨石的时候，那块巨石就成了有棱有角的了，全然不像现在这样圆润的形态，它有时候像一头巨大的老虎，有时候像一只巨大的狮子，更多的时候像一个巨人。我看得出那块石头在静静地望着河水，河水将它的流光投射在石头上，婆婆娑娑地，宛如母亲的手在抚摸。我想河石也许是河水的孩子了。现在这块石头静静地望着河水，它的缄默就是等待，它在等待河水暴涨，等待被河水淹没，等待再一次进入河水的怀抱，然后在水的裹抱中行走。也许每一次这样的过程要等待千百年，但石头的等待总是有硬度的，能经得起漫漫岁月。

　　我对八渡河的遐想注定还在继续，在我生命的时光里，这条河会在我想象不到的时刻里不断展现，渐渐地会融进我的血液里。但我愿它是一条纯粹的河流，而我是一个纯粹的诗人。

说说男人

男人是什么？

老爹对我几岁的儿子说，男人是站着尿尿的人。一位幽默的朋友说，男人是带刀的蚂蚱。另一位粗话大王朋友干脆说，男人是公的。

其实这些话只说了男人最明显的生理特征，但实质意义上的男人是什么，只怕是一时说不清楚的。我曾读过一些男人写男人的文章，大多是写男人怎样难做人，怎样为人子，为人夫，为人父，怎样被妻子严加监视，以防沾花惹草而失去自由。有的男士甚至在文章里写道，为什么要生成个男人身，下辈子要当一回女人。我也曾读过不少女人写男人的文章，但大多数是"我心中的男子汉""我心中的白马王子"等等，内容也不外乎是她们眼中的男人应该有事业心，顶天立地，能够体贴女人，诸如此类。

男人是什么？我为此在头脑里经过了千锤百炼的思索。我觉得对男人的理解不能只限定在社会属性上，还得依据男人的本真。上帝或者上天抑或大自然将男人造就得身材高大、肌肉发达、勇猛强悍。男人的形象往往同高山连在一起，就连我们祖宗发明的"男"字，也从字面上看，说是田间的力夫。所以男人的勤劳勇敢、忍辱负重便成为一种使命，且代代相传。男人应该为女人遮风挡雨，换言之，就是当代女性求偶条件中所说的安全感。对这一点，男人大多自然甘负重任，就是疲弱得像蚂蚱的男人也会表现出悍性来，这是从老祖宗起流传下的基因。女人需要男人保护，以防止自然界狼虫虎豹的袭击。这体现了女人最可贵的贞，而这一个贞恰恰唤起了男人的牺牲精神。当然男人面临的困惑和烦恼也正落脚在这个"性"上，男人的生理本能，跟动物的生物本能是一样的。男人一旦成为须眉，性的冲动便成为男人自己的最大对手。这种力量看不见，但力量之大不可小视。男人不敢贸然对自己产生欲念的女人施暴，这违犯法律和道德。这一点，有些人甚至羡慕其他动物，它们可以随便和同类的异性交配，乐哉悠哉，顺利地走过生命过程。而男人不能，男人得遵循人类的道德，以及文明法规，在爱情这个既是神圣又是幌子的名义下恋爱、结婚，然后实现这个欲望。男人得学会取悦女人，征服女人的情感，要懂得这门艺术。为了这一点，男人甚至忽略了自己的生命本能，沉湎于人类自己创造的文明之中。男人得使出浑身解数，一方面用憎爱分明诱惑女人，一方面竭尽全力创造与其相适应的物质基础。尤其在物质文明和精神文明高度发展的今天，男人似乎压力更沉重，女人对男人的要求标准不只是情感上的日益更新。如果光这一点倒还罢了，男人还得为女人创造出与时代相适应的物质基础。从这个意义上来说，我时常同情男人，决不是因为我自己也是男人。那些老大年龄了还孑然一身的男人，不是没有掌握俘获女人情感的艺术，就是穷光蛋。当了一辈子光棍的女人不是没有，但除过个别头脑线路有问题的，再不出色的女人似乎也没有剩下的。为此，我对男人中的这些男人寄予深深的同情，他们得在漫长的岁月里，压抑自己的生命欲望，这是不是违背生命的意志呢？

男人难做，大家都这么说，我自然不会否认，就是结婚、生子、获得性快乐的男人也有新的困惑：一是来自外在的，诸如家庭的经济进项和开支平衡、孩子的抚养和教育、父母的赡养以及种种压力；二是来自自身的。男人永远是喜新厌旧，尤其在性上，俗一点说是吃着锅里的，看着碗里的，别人的女人自己的娃。男人对妻子以外的女人永远怀着神秘并被诱惑。男人上街爱看漂亮女人，爱看挂历上的美人。这些却是妻子所不能容忍的。女人在感情上是排外主义者，这与男人的喜新厌旧恰恰违背。男人对此很矛盾。铤而走险沾花惹草带来的大多是后院起火，家庭解体，压抑自身以求家庭安宁又违背男人的生命意志。自然，绝大多数男人表现出一种牺牲精神。

男人是好的，只要不违背自己的生理原则，似乎再大的牺牲也乐意承受，且乐此不疲。男人心情舒畅，会为妻儿老小全心全意地奔忙，苦能受，力气使不尽，会是家庭的顶梁柱，妻子的主心骨，刀扎在腿上不喊痛、不流泪。当然男人对爱情比女人更自私。他绝对不容许妻子与其他男人有床上的问题，就是外边艳遇不断的男人也同样如此，"只许州官放火，不许百姓点灯"这个比喻很确切地说明了一些男人这方面的特点。男人对女人的贞节、初夜权看得很重，这由来已久，为此酿成的悲剧已不鲜见，这从某种意义上反衬出男人的脆弱。男人同女人一样，生怕失去爱，潜意识中生怕失去性的伴侣。但恰恰现在的文明社会为女人提供了抛头露面、社交等条件，女人越来越受垂青，女人的开放程度也空前推进，女人越来越注重包装，将自己打扮得像花朵一般，穿开衩旗袍、穿三点式、讲性感，以求得最大程度的回头率，这对男人形成了强有力的诱惑，但对其丈夫则造成了威胁。潮流势不可挡，愈来愈多的男人失去了妻子成了光棍，重新回到以前的独身岁月，但心态已今非昔比。情感失去寄托，性爱的秩序彻底破坏，苦闷只能埋在心里。男人不能像女人那样找别人诉说，痛哭流涕，以化解一些痛苦，男人只能关紧门窗，像戒毒一样，面临一阵又一阵撕心裂肺的痛苦，自己疗伤，出门还得挺直腰杆，做出若无其事状。

如果从生物角度看男人，只能看到男人的生理本真，但如果将男人一味地放在社会属性上看，一味强调男人的精神、男人的胸怀、男人的忍辱负重、男人的社会角色，起码也是不全面的。男人有血有肉，有情感，有欲望，有精神，有男人的风格，是一个混合体，更是理智与情感这对矛盾的统一体。《红楼梦》里说，男人是泥，女人是水，我向来认为这种说法不妥，是对男人的曲解。诗人将男人比喻成冷峻刚毅的山，又把男人的心胸比喻成像大海一样辽阔深邃。我倒是倾向于后者，不过得补充一句，男人需要妻子像母亲一样珍爱自己。即使长成伟岸的男人，他的意识深层还摆脱不了孩子的天性。男人在外边是不流泪的，泪往往是流给自己和妻子的，男人的脆弱往往唤起女人的母爱，但这只是对善良的女人而言，另外一些女人则很可能会对此不屑一顾。时代发展到今天，似乎有些"母系氏族公社"的迹象，阴盛阳衰成了一个时期流行的话题。昔日的"铁姑娘""半边天"，已被"强女人""职业女性"等称谓替代。成千上万的男人由雄性十足而蜕变成"宋大成"式的男人，这只能迎合那些渴望"五好丈夫"的女人心理，但不能不说是男人的悲哀。男人的本意受到肢解，只能导致越来越多的女人失去柔性，不像女人，越来越多的男人不像男人，所以就有了《寻找男子汉》《呼吁"男权精神"》的话题。有些人撰文提出了一个十分尖锐的问题：男人的阳痿与日俱增，男人得有保护法，但只是写写、说说而已，未能掀起波澜。

男人如此难当，还得当下去，不能因为其难而怨天怨地，怨自己脱生成男的，性别是不能选择的，是与生俱来的，作为须眉，我丝毫不为自己的性别而遗憾。生为女人是一种亮丽，生为男人是一种壮丽，意义同等重要。只是要将种种艰难的历程用乐观的态度去平静对待，男人的本真不能失去，男人的独立人格更要强化，男人的雄性更要体现在对事业的坚忍不拔上，这闪耀的人格力量对女人永远充满吸引力。唯有如此，男人才能活出质量来，活出风格来。

不必再呼吁男权精神，不必喊叫阴盛阳衰，这有损于男人的独立精神，恰恰反衬出男人的脆弱。谁也救不了你，全凭自己救自己。像诗人哲人说的，如果你是男人，就要活成一座山峰，风景这边独好；如果你是男人，就要长成参天大树，让女人像藤一样缠绕你。男人都这样去做，势必会减少阳痿，会减少强女人的数量，女人的温情就会返璞归真，男人才会成为真正意义上的男人。

离婚的男人

也许会有那么一天早晨，抑或中午（晚上的可能性不多），你会从法院办案人手里接过一张传票：你妻子上诉，要与你离婚。也许你妻子会亲自送给你（如果考虑你当时没有杀害她的可能），并像久别新婚那样与你亲热，让你的情欲一次次从浪尖沉入浪谷……在你满足中，她就走了。等你从痴迷中醒来，就再也找不见她。即使你心胸能容天下难容之事，她也会躲开你，即使她对你不曾设防，娘家人和她的朋友也会让她躲开你。那几天，你和狼有些相似，人家会防备你万一头脑线路出了问题，干出意想不到的事来。这不难理解，从古到今，生活中因婚变而发生的人命案已上演得不少了。人家会考虑到，在你接到传票的起初，你也许会崇高的，接下来是离异这件事会像一副毒药在你心中慢慢发作，或者像冷酒猛喝下去感觉不大，然后让你剧烈痛苦，发狂，甚至失去理智。人家料到你也许会哭得如狼嚎，痛得想翻滚，恨得想咬人。在这种时候，让她在你面前，岂不是太危险了吗？事实上，大多数被妻子上诉离婚的，都会有这个过程的。只不过，男人在这种情况下更显得孤立无助，他不会像女人疯疯癫癫找人诉说，让同情的劝慰像药一样渐渐地消解痛苦，大多数男人会关紧门窗，像戒毒瘾一样，面临着一阵一阵的撕心裂肝般的痛苦，自己疗伤。

这一个过程下来，你算是抵挡住了最初的疼痛。然后你翻出那张传票，上面已告诉你去法院的时间。你开始要挣一个面子（或者尊严）了，便把痛苦像嚼黄连一样地咽下去，细致地刮胡子，留起发型，认真地洗脸，似乎要洗尽神情中的晦气。于是你昂首挺胸走出家门，很有些气魄地摆手挡住出租车，接着走进庄严的法院，在门口还不忘拢拢头发。接下来你的冷静随和让办案人如释重负，因为免了两败俱伤的拉锯战，免了没完没了的调解，人家如此轻松地就得到了几百元的受理费。你的妻子（等会就成了前妻）也会因你出色的表现而流露出少有的惊异。然后你在判决书上潇洒地写上自己的名字。这段婚姻就在你写完最后一个字之后画上了句号。

你走出了法院的大门，就感觉出脚下轻飘飘的，街道上人来人往还是原样，在你看来却突然陌生起来。阳光很烈，你想打喷嚏，却压住不让那股气流冲出喉腔，一摆手挡住一辆的士，让过去的妻子坐上走了，又一摆手挡住另一辆的士，自己坐上去反方向而去。车子在街道跑着，司机连问了几遍去哪儿，你含糊着让开着走，却努力在打刚才压下去的喷嚏，几次没成功，最后终于眯缝着眼，望着太阳打了出来，带出了一串串泪水。车拉着你跑了不少路，你也就破天荒地花去百十块出租车费，让司机美美地赚了一笔（司机在数钱的当儿，庆幸自己今天真是碰上了好运气）。你不想碰见任何认识你的人，想在无人的地方去流流泪，但城市里的人太多，几乎没有无人的地方。你也想到过回家，但现在怕回那个家，那里实际上已不是一个家，更像是一口空棺材。你索性去电影院，但银幕上的男欢女爱让你受不了，几乎要逃出来。你去游戏厅，花钱买了一把牌子没打完就没了兴趣。你最后去了酒店，要了好几样菜，其实并没有吃几口，只是一个劲地喝多了酒，最后踉踉跄跄走了出来。天黑的时候，你去了歌舞厅，在灯红酒绿中看群魔乱舞般疯狂的舞迷，一根接一根抽烟，没有哪个小姐请你跳舞，也没有空余的小姐供你请。

午夜的时候，你还是回家了，你完全是不知不觉地走回来的。你习惯性地用手指叩响门，无动静就心里一疼，掏钥匙打开门。开灯的一刹那，你还指望她会奇迹般地出现在你的面前，但这只是从前的记忆。现在你一屁股坐在沙发上，全身累得要命，情绪却仍高亢。你开始用目光扫视屋子，感觉中有了陌生感且空旷了许多。屋子里重叠着她的影子，还依稀有她的气息，还有她曾用过的化妆品等东西，这也许是与你一起逛商场时买的。你就记起了那个细雨霏霏的天气，你蹲在商场外头，一边看风雨中游鱼般滑过眼帘的漂亮女人，一边吸着烟等着她。因为每逢她逛商场的日子，你都会感到十分空虚，你也奇怪过，想不清为啥会感到空虚。你自己步行百十里路都不曾有过这样的感觉啊。这样想的时候，她就从商场里飘出来了，见你这副疲劲，忍不住要用眼疼爱地剜一下，还会在你耳边窃语：你夜间如狼似虎的狂劲哪里去了？说得你心里一乐，劲儿又上来了……

外面有了声息，你于是从记忆里陡然醒来，几乎飞也似地拉开门，但什么也没有，只有静静的夜色。这其实是你潜意识的等待中产生的错觉。你因此更感到了孤独，像一个被遗弃在荒野中的孩子。你躺在沙发上（床是没有勇气躺上去的，你怕再产生错觉，那更会让你受不了），心里慢慢升起一种悲凄，你想到了死，想到死后她会哭得嚎天喊地，发疯般地喊着你的名字，会对世人说真后悔抛弃你。你自己感动了，泪流满面。但你又想到，你死了就啥也不知道了，是看不到她难过的样儿的，就又没有去死的决心了。

活着这样难受，死又不甘心，你就恨起她来，恨得全身骨节都在响。你想到她之所以狠心地与你分手，肯定有了新相好，也许早已度过了一个个爱的港湾。她与另一位肯定也疯狂地受用，像从前与你的情形一样。你的血液就冲上头顶，太阳穴蹦蹦炸响。你想找上门去，一刀捅死他，不，应该像武林高手一样，几个动作，弹棉花般将他撂倒在地，再踏上一只脚，待他求饶后再像狗一样爬着出去。然后你抱紧她一同死去。不过你很快又否定了这个想法，现在你是无权干预她的事了，道义已降临在你与她之间。你任何对她不恭之言行（哪怕因爱引起的），在她与世人看起来都是骚扰，人们会更看低你，认为你太无聊。你一直是受人尊敬的男人，宁愿在自己的腿上扎一刀子，也是不愿失去尊严的啊。但是世界上对你最好的她让你失了尊严，让你对普天之下几乎所有的女人有了一种偏见。

一天又开始了，闹钟指向凌晨 7 点，你从沙发上爬起来去洗脸刷牙。该去上班了，那实际上是对你最好的也是仅有的乐趣了。你去得最早，拖地抹桌子，给上司泡好茶。上司对你今天的表现很满意，对你开亲昵的玩笑：是不是昨夜老婆对你伺候得特别周到？你的心就虚了，感觉触到了心中最柔软的地方，不由愣了一下子。接下来的日子，你怕别人提起你的女人，也怕别人不提及她，因为你心里有她但已失去了她。当有一天，你在街道上猛然看见她已坐在另一位男人的车子上时，痛心之余当机立断，要将婚变的隐私告诉世人，省得戴一顶不明不白的绿帽子。你就向上司同事朋友都说了。说得轻描淡写，可已令听者一惊一乍了。接下来你就听到了柔和的劝慰从一张张薄厚不一的嘴里吐出，就连平时与你不和的人也突然对你好起来。女人们对你表现出少有的温存，却同时在你面前开始不拘，让你感到有了一份隔膜。你就想到了女人真跟买东西趋众有相似之处，就像一个人卖桃子，货色好如果无人问津，来者就寡。同样的，如果一个男人没有了娇妻相随，那他大抵也失去了一半色彩，女人看你的目光就少了一种东西，如果有几个出众的女人跟着你不放，你身边必将热闹，还会有更多的女人挤进来。你心里也就嘲笑起女人来，不再瞧得起女人。但又怎么也摆脱不了女人的诱惑。这种情况下，你开始爱起了读书，先是街头小摊上的，其至还有《夫妻生活秘诀》之类，很快又发现这些书的刺激只能加深孤独渴望，降低你的自尊。你就买高雅的书读了，还读老子、庄子、禅学、哲学，读着读着就进入了另一个境界，你从中感悟到了一种超脱，变得宁静了，看得远了。哲人们的思想给你的灵魂安上了翅膀，让你脱开尘缘，居高临下，感受到生命的壮烈。你对以前的自己小瞧了，也理解了，同时理解了周围不少人的喜怒哀乐。你的举止言谈变了，变得随和善解人意，颇得大家的拥戴。女人们对你重新投来热烈的目光，你却只注重友情、亲情、人情，反而让人家对你更生敬仰。你活得从没有像现在这样自由，可以给任何人关怀和爱心，不再顾忌有人嫉妒吃醋。有人已开始张罗着为你介绍对像，你好言劝住了。不是说你已成独身主义者，你现在对事业有了新的目标，爱情自然不会从此避开，只是想现在离爱情远一点。当看到有些人因离婚从此一蹶不振时，你坐不住了，按自己的切身体验写了一篇文章，劝导那些同类：离婚虽说不是好事，但能重塑一个新的自我。你还劝导别人，消除仇恨和烦恼，珍惜过去的日日夜夜，向与你离异的人永远祝福，并且感谢她曾给你的幸福，甚至痛苦。这是一种缘分。

第五辑

音乐旅途

刮胡子

跟理发师结缘，不是因为自己本来乱如刺猬的头发，而是因为疯长的胡须。

自从跨入而立之年之后，胡子就像上了肥料的韭菜，几日不刮，便满脸蓬勃。很多时，索性让其去长，但一照镜子，脸就像荒芜了的责任田，加上自己的脑袋前崩颅后马勺，越看越像是电影里那些恶人那样的奸细样。自己本来就这等近于次品的肖像，要是再不抢救，那就更难看了。

那只有给理发师送钱了。

理发师大多是年轻女人，穿白大褂，让我总感觉像护士。理发师常常让我先坐在水池边，扎一个低头认罪的式子，用纤纤柔手洗我的头，倒让我有种对不住人的感觉，而每当她替我用湿毛巾擦脸，我总像当了一回孩子。

接下来的程序，是坐那种像渣滓洞集中营里特务头子徐鹏飞坐的躺椅。刚坐上去，便一个大后仰，脖子抻下去，一副"上吊"殉难状。女理发师用热腾腾的毛巾捂在我的嘴上，如此再三，刀子就开始"收割"了。这个时候，我是不能睁开眼睛的，因为这么近距离地看人家，不但不恭，还会让人家觉得我太碍眼。刀子在我脸上有节奏地刮着，发出的声响像奏出一曲优美的旋律。我闭住双眼，柔风在我脸上拂漾，仿佛躺在春日和煦的阳光下。然后是女理发师帮我在脸上搽雪花膏按摩太阳穴，掐我头顶的穴位，神清目爽中，只听咔咔咔声清脆悦耳，方知是女理发师用一对嫩手叩击我的脑门，实则是打，但打得人舒服。

也许大多女理发师都有让顾客当回头客的本事，我也就在不知不觉中成了一两个理发店的定点顾客。

依旧是坐在水池边"低头认罪",依旧是在躺椅上作"上吊"状,如此重复,深得要领,低头仰脖子适度得体,与女理发师配合默契。有一次,又轮到女理发师用嫩手叩击我的脑门,我实在过意不去,建议让她弄两个皮榔榔,以便代用,人家笑了,反倒认为我幽默。

每次刮完胡子,我都有一种飘飘欲仙的感觉,因为镜子里的我年轻光亮了。每次刮完胡子,我又有种怅然若失的感觉,因为我的又一茬胡子被收割了,而那是我生命的一部分。我常常想,一个男人一生中刮断的胡子加起来究竟有多长,恐怕有好几个公里长吧。一个成熟男人一生中要刮多少次胡子呢,恐怕加起来有几千次吧。这几千次,就仿佛揭几千次日历,揭完了也就到生命的最后驿站了。而理发师在给我们造美的过程中也在制造胡须的消亡。所以,通常情况下,胡须的悲剧产生了脸面的美。

刮胡子让我更多地领悟了时光脚步的急促,岁月与我疯长的胡子一样急不可待,促使我不敢白白浪费时光,去踏踏实实地做人做事,促使我活出生活的质量来。

而从另一种意义上来说,我还得感谢我的胡子,它让我和本来与我毫无关联的理发师连在了一起,让我体味了一种人间的温情。我从内心里感谢我的胡子。此时正值深夜,让我好好摸摸你钢丝般的芒儿,明天又得去理发店了。

音乐旅途

国人对于假货已经从鼻孔冒烟到司空见惯了。这年头，人们说假货就像说天气一样普遍。不是么，你说你买了一件假冒品，听者往往是一副挺好玩的样子，最后出于革命情谊劝慰你：算了吧，就当是真的用吧，现在就流行假。你去商场，没准儿会看见一位仪态万方的女郎，近前去方知是不说话的时装模特；你在大街上想给眼睛解馋，满世界的丰乳美臀的女人，说不定你最欣赏的某位，做了假胸假屁股。

本人算是最早买假东西的傻逼之类。那还是多年以前的事儿，当时时兴戴明晃晃的手表。为了博得少女青睐，我用两个月的工资买了一只外国进口表。交易是在县城背街小巷成交的，人家说这表是其舅从国外带回来的，商店里卖两百，给我可以优惠一半多。见人家满脸的真诚，还鬼鬼祟祟说要防市管会来收管理费。我买了，自以为捡到了便宜，谁知刚神气了几天，表就不走了，让修表师傅修理，一打开全是塑料零件。

后来进了城市，接触的假东西多了，也就见怪不怪了。好在本人曾当了一回狼口里的羊，自然不易上圈套。你说你的时装好得能使猪八戒变成王子，本人穿一身二十多元钱的衣服也凑合着过；你说你的八宝粥喝了会让人健壮如牛，本人宁可相信喝凉水也长膘；你说你的三宝双喜、一枝刘、雄狮汤能让夫妻关系如漆似胶，本人没病不尿那一壶。无奈假冒伪劣产品过于肆虐，一向以精明自居的本人，还是在假壶里尿了几滴。

那是不久前的事儿，一次我去下面采访，临行时买了五号小电池，以备在旅途中听音乐。我买了三对不同产地的电池，是分别在商场、商店、小卖部买的，还当场用机子试过，心想这下该万无一失了，然后兴冲冲地上车。

那天是晴朗天，坐在车上观沿途风景，别有一番情趣。音乐在耳边回响着，是我喜欢的芭蕾舞剧《红色娘子军》的伴奏曲。这带子妻子不爱听，说是鬼子进村的音乐，平时不准我放，夜里她睡着我偷听她也会邪乎似地感应到，一翻身起来骂我个狗血淋头。今天是将在外不由帅，美美地听吧。

这样想着的时候，只觉得耳朵那里不对了，先是吴清华抗争的主题音乐高亢旋律未达高潮，一声仿佛痰卡在喉咙的怪调达三秒钟就没声音了。我一看，没电了。还不到十分钟。马上又换第二对电池上班。这下又好了，音乐高昂飞扬，充满着满腔的阶级义愤，对对，就是这种感觉，让我回到了红旗如林的年代。深秋的田野在窗外飞移，音乐在继续，党代表洪常青给受尽苦难的吴清华送银圆并指引奔向红区的道路，音乐深情感人泪下。我正激动着，又不对了，单放机一个即兴转折，声音变成缓缓的老爷腔，细听还真像敲木鱼的和尚吟经声。赶忙又换第三对电池值班，听最喜欢的《党育英雄，军民一家》那一场。又好了，抒情音乐展现出海南岛的蓝天白云、椰子树、万泉河……一边想：电池老弟，求你了，让我一次听个够。但《快乐的女战士》那段欢快的音乐还没完，女红军战士刚将炊事员的旱烟锅叼在嘴上，电池的电能又完了（许是电池老弟嫌女人那形象不雅），音乐一下子降了八度，听起来就好像赶牛车拉粪……这下子我火气上来了，抓起三对电池就想往窗外扔，惹得与我同座的粉黛女郎侧目瞅我，那神态分明在说：神经病。然后人家细腰欠起，另择了座位。谁知我的音乐病害得不轻，耳机闲下来心就慌得像丢了女朋友，赶紧又一对一对地试，看样子第一对电池彻底完了，剩下两对电池老弟尽管阳气大衰，还能呻吟，干脆降低标准听吧，权当玩一次假的。如此一想，火气顿消。大概这两对电池体谅我的苦衷，表现出顽强的耐力。于是我的耳边就出现了变调的抽象音乐，高亢声变调成拖地声，悠扬声变调成撒尿声，小号声变调成放屁声，撒娇声……哈哈，假冒电池反而制造出另一种特殊的音乐效果，想象空间大了，还让你开心得发笑。依据音乐形象我很快产生了联想：一位被打成牛鬼蛇神的右派被下放到农村赶牛车拉粪，在途中遇见一位美丽的妞儿，两人产生爱情，亲昵接吻，美妞在呢喃、撒娇……

在采访中，我与一位基层领导熟了，无意中谈起旅途的经历。他乐得大笑，说他也有同感：给老婆买化妆品买回假冒的，干脆就在家里搞假面舞会；给儿子买皮鞋买回假的，索性让儿子穿上露出脚趾头的皮鞋去淌泥，体验一下过去，权当忆苦思甜。既然假冒流行风刮得正凶，何不以假玩假？

但是，想起假冒伪劣的泛滥，已经让诚信从我们生活中悄悄消失的时候，想起社会的信任已经发生了危机的时候，那个有趣的音乐之旅带给我的不再是幽默和快乐，而是无尽的苦涩了。

土 气

　　我这人个子矮且土气，按家乡话说是上不了宴席，我自个也开诚布公，在报刊上写文章也供认不讳。本来嘛，在一个地方呆久了，周围的人对我的尊容也见怪不怪了。只是因为写文章出了一些小名，加上记者这个职业，怕上宴席的我有时也不得不上宴席。宴席间，有好友就对我真诚地指出："你这个人啥都好，就是太土。"说话者一脸的真挚情状，让我在洗耳恭听中顿觉浑身很不自在，不知道坐哪种姿态才对，不知道怎样拿筷子，不知道用汤匙喝汤会奏出怎样的声音，也不知道嗓子发痒想咳嗽是应该到外面去还是用手捂住嘴，至于喷嚏放屁，是否也要去外面，还是悄悄地抬抬屁股。

　　我曾想改改土味，就像设想吃增长药扎增高针去整容一样，也做过不少尝试，穿西装打领带，穿皮鞋打油，头发上打摩丝。但一照镜子，土洋各半，越发瓜呆，穿夹克像个缩娃子。也曾试穿过朋友的公安服，出来的效果活脱脱一个还乡团团丁模样。也戴过眼镜，想不到让熟人一见就笑得要死要活，便在心里说，土狗要扎个狼狗式子还真不容易。

　　于是就羡慕一些人，搞不懂人家也是乡下人，一套时装怎么就轻易地去掉了土气，身材真像衣服架子。也就愤恨，都是爹娘所生，都一样吃五谷杂粮长大，怎么人家就是瓷坯子，我就是土坯子。也曾产生错觉，误以为洋气人放的屁可能味道不同，也曾误以为洋气人蹲茅厕一定雅致很多，细观察发现照样要憋得脸红耳赤，吭哧吭哧，跟大家一个式子。这样一来，心里倒平衡了许多。

　　单位有位《易经)专家，曾给我算命，说我是土命，自然不会金生光彩水生丽容，土气之相生之俱来。从此我为自己找到了解脱的依据，不再嫉妒洋气男人招惹来的美女们的目光，不再抱怨妙龄女子不对自己正视。当然不爱去交际场合，不爱去见领导，却少了是是非非，少了去平衡关系的烦恼，更免除了婚外恋引起的后院起火。我可以安心地把自己关在屋里，像农人一样耕耘，写自己的土文章。人有土洋之分，文章却讲究的是真情真知。再说，土到极处便是美。又想全中国土气人何至一半，并不是我一个人，土气就土气吧，我可以用家乡土话骂人，更何况神话传说中不是说人是上帝用泥土捏的吗？我记得在家乡过年，家家门前给土地爷写的春联不就是"土中生白玉，地内产黄金"吗？土原本就是生命的根基。土气就土气吧，也许这正是我的风格！

妻子不在家

妻子终于回娘家了，这是我盼望已久的。

我可以不再听她的唠叨，不再让他逼着我洗头洗澡，两天换一件衬衣；不再早晨起来必刷牙，睡前必洗脚；不再让她像训斥孩子一样命令我吃饭前不准看书，拖地板时不准进屋，吃饭时不准伸舌头；不再让她一次一次地烦我，让我每天要说爱她爱她，在屋子里抱着她转圈子。我快乐得象"解放后翻身农奴"一样，在陡然间宽敞的屋子里大步踱来踱去，俨然一个将军；或者大字形在床上一躺，让录音机开到最大限度，反复听我喜欢的世界名曲和理查德·克莱德曼的钢琴曲；我可以自由地选择电视频道，斜躺在沙发上，直到各家电视台一个一个地闪出再见。我可以一边听音乐一边写作，再一支接一支抽烟，直弄得满屋子烟雾腾腾胜似仙境；我可以多看看墙上的美女挂历，一个一个地琢磨其神韵，或者干脆去街道或舞厅多看看那些如花似玉的女人，要么破费几个钱要二两啤酒美美品味。我可以将我的铁哥们请来，一起大碗喝酒，大块吃肉，大侃女人，直聊得我们飘飘然，觉得自己成了情场老手、性学专家。聊累了，随便躺，喝醉了，随便叫，不会有妻子的清规戒律，舒服得逍遥赛神仙。

头一天晚上，我独自一个人兴奋得心跳。

第二天晚上，我和哥们闹了个通宵。

第三天晚上，我像放尽气的皮球，渐渐地觉出了无聊。看看房间，忽然觉得空荡荡的，看电视没劲，听音乐没有心情，索性走上街道，在灯火阑珊中当夜游神，但见一对对男女相依相偎于霓虹灯下，如入无人之境。走上河堤，随处可见俊男秀女在一起接吻说情话，让我莫名地心跳，如小偷般逃遁。复回街道，我的影子伴随我，谁也不理我。回到家里，我伴随我的影子，没有我熟悉的妻子的酣睡声，躺在床上，却不能入梦，脑海中闪过与妻子在一起的一幕幕情景，细细回味，竟感到妻子的身影像洋槐树的摇曳，妻子的笑语像鸟儿的啼叫，妻子的呢喃像优美的小夜曲，妻子的唠叨像泉水叮咚优美动听……直折腾到下半夜才睡了个囫囵觉，急匆匆地去单位上班，一整天老在回忆妻子的一颦一笑，下了班蹬快车子，像赴约会怕迟到似地赶回来，未进院子，但见自家阳台的铁丝上挂满了枕巾被套、床单、衣服，心禁不住跳起来，放下车子，一口气跑上自家的楼层，见了妻子还未说出问候的话，倒先挨了她的一顿训斥：你看你都成了土贼了，这样子还去上班，丢我的人哩！房子让你弄成了猪窝，厨房让你整成了鸡窝。一边埋怨一边就来拧我的耳朵，让我的心怪舒展的。

　　唉，妻子不在家的日子好过又不好过。

怀念伤口

大概每个人都会有伤口的，只不过有痕无痕而已。我也有几道伤痕的，它并没有消失，而是留在我的身体上，让我不能忘记那些疼痛的日子。

先是两个腿膝盖至今留有两片疤痕，那是小时候玩水，被渠边的石头挫破的，再就是手脚留有被利器碰破和被火烧灼留下的疤痕。这些属轻微的，不值得一惊一乍的。

十岁那年，我的腿腕长出了一个肉疙瘩，医生说是风瘤，需动手术，一家人听后很是惊慌，但因我要挨这一刀已不可避免，都劝我不要怕，打了麻醉针动刀子不疼。我那时已经有了独自的意识，上手术台的那一天，我脑海里全想的是小英雄们的形象，结果下手术台时，得到了外科大夫的赞扬：这个小家伙真坚强。

十六岁那年，我去了一趟陕南的舅舅家，被嘉陵江秀丽的风光深深迷醉，自然下江泅水是免不了的。不承想水土不服，中了水毒，回家后先是患湿疹，而后肚子上长了一个疮，日渐长大，直到像怀娃婆娘的肚子。医生看后说先打针吃药、排毒，然后得挨一刀子。当时的情景现在想起来不免心悸。按照大夫的吩咐，不用打麻针，一刀下去，割开脓疮，再润了药捻子。

那个下午，我躺在卫生室的木板床上，手指甲硬是将床沿掐出一道道伤口。

还有一次脸部受伤的经历，说来挺带几分幽默。那天早晨，上班骑车路过一个旱厕，适逢尿憋难忍，急于出恭，待下车，面部表情大概都有些走样了，慌不择路地跑进厕所，一看厕所墙上男女方向都写着男女男女（不知道是谁的恶作剧），凭男左女右的惯例跑进去，结果见一老年妇女正在方便，还没有跑出来，后面就跟出来一句：妈的，眼睛瞎了！

也许是巧合，间或是这老妇人嘴上有毒，这天下午下班回家，停电停水，洗衣服时只能用压杆绞水，不曾想手上沾满洗衣粉泡沫，滑腻无比，手不慎滑落，被压杆反弹上来直打在眉骨，好险！左偏一些会击中太阳穴，岂不呜呼哀哉？右偏一些，也许就会成了独眼龙。但眉骨皮肉打得开裂，让医生缝了好几针。当时我已经忘记了疼痛，只求医生缝合精巧，尽可能不要在面部留下纪念。想本人天生一副平庸相，再加一些疤痕点缀，岂不雪上加霜。

但也有一种伤口是看不见摸不着的，它让你疼痛不堪，彻夜不眠，别人看不见你的伤口，医生无法医治你的伤口。我曾有过这样的伤口的，先是娘病逝，一半心随娘进了坟茔里，一种撕裂的疼痛加上空虚和茫然。再是失恋，回忆像一把锯，夜夜扯心，真比手术刀割身体还要疼痛。这还不是主要的，关键是这种病痛没有哪一个高明的大夫能替你治疗，你疼得彻心透骨，但还得在别人面前作出平静样。

经历了这些伤痕，以后便慢慢成熟了不少，心想这个世界上本来就有看得见的刀子和看不见的锯齿，几乎每个人都要有这种疼痛的，上帝对谁也一样公平。平静地想，几乎很多伤痕都源于诱惑，这是很自然的事。没有诱惑而形成伤口者，不是成为英雄，便是一位受害者。

世界上的伤口成百上千种，不见得伤口有那样可怕，有生活就有伤口，这是天经地义的。我怀念伤口，尤其怀念伤口愈合时的那些日子，它令我的回忆变得年轻，变得使生命多了份沧桑感和曲折感。

与音乐为伴

作为记者，除了整日满世界跑，采访赶稿，与我形影不离的就是音乐。音乐是我的第二个生命。

春夜绵绵，外面的世界万物复苏，而我的陋室早已被贝多芬的《春之圆舞曲》所笼罩，台灯洒下柔和的光，我在方格里顿觉生命所洋溢的诗意：冬夜漫长雪花飞舞，我的陋室已是《雪绒花》的世界，轻盈的雪花滋润了我疲惫的心，让我的思绪轻飘在纷纷扬扬的天宇。而理查德·克莱德曼的钢琴曲《星空》更像天籁之音，让我仿佛乘上飞毯游移在璀璨的宇宙星河，一个又一个的星球向我靠近，身后又掠过无数个星球，有一种共同的语言让我诠释，那就是祥和的自然和永恒的美妙，在这样一种境界中，我的生命力充满了弹性。

也许是我最初的选择错了，不该选择文学，而该选择音乐，但这并不遗憾，音乐是种感觉，存在于似有似无中间，真正的音乐更是心灵与心灵的对话。我常常随着《海边的阿狄丽娜》来到海边，听海涛阵阵拍打崖岸或潮涨潮落逐赶沙滩，极目望去，蓝色的海岸线与蔚蓝的天际合为一体，而那一只星点般的飞帆已游移在我的视野，那是我梦中的情人。在我心情平静的时候，我会随着《秋日私语》走进风景如画的深秋，落叶在脚下发出声响，微微的秋风笼罩着周身，天高云淡，有种收获时的喜悦，又有种秋即将去的怅惘，更有种对青春时光的眷恋。所以，我对理查德·克莱德曼这位钢琴王子充满了仰慕和感激。他的音乐消解了我人生跋涉途中的寂寞。

我爱音乐，是从记事时开始的，母亲的歌谣让我小小的心灵曾经陶醉。在冰天雪地，我爬在热烘烘的土炕被窝里，目光透过窗户纸，扫视着白茫茫的天际和院子椿树的枝丫，麻雀啁啾，风刮树枝呜呜叫，树丫上的枝节仿佛幻想成了一个个人，沿着树股变幻成的路一步一步前行。我的心里就漾起了一种音乐回响。学生时代我能整段整段背诵电影主题音乐。那时的《红色娘子军》《白毛女》《草原儿女》和《沂蒙颂》这些芭蕾舞剧音乐让我痴迷，我常常在课堂听教师讲课，内心里却回荡着这些音乐，甚至在回家的路上也如此。音乐让我踽踽独行，小小年纪就喜欢僻静。谁也想不到我有音乐这个亲密伙伴。于是，口琴、二胡、笛子成了我的宠物。

也许是我对音乐的热爱决定了我喜欢幻想，从此文学走进我的生活，我与诗为伍，并为此付出了很多的努力，以后又写小说、散文、报告文学。苦苦奋斗十多年，迫于生计，又当记者谋生。但不管怎样的生活方式，日子将来过得富裕还是清贫，音乐是不能缺少的，她是我最亲密的伙伴，拥有她我会愉快地活着，走过人生旅途。

第六辑

永远的冰心

永远的冰心

　　读冰心先生的作品，是从她的《小橘灯》开始的。这篇文章在语文课本里，但当时我只记下了文章中的小女孩，不大注意作者。那时候很多名家的文章选在课本里，我都不大注意他们的名字。直到我对文学产生浓厚的兴趣，开始阅读期刊和名著，才开始关注起作家来。记得我读小说《斯人独憔悴》时，深深地被小说中的人物所吸引，读完小说看了作者简介，才真正知道了冰心，知道了她原名叫谢婉莹，知道了她就是《小橘灯》的作者。后来又读了她的《寄小读者》《繁星》《空巢》，我的心头就浮现出一个文学大家的形象。这个过程是因为阅读她的作品形成的，是作品的魅力在我心灵深处产生的，不大像现在先是知道作家的名字，再读其作品甚至从未读过其作品。在这个作家名比其作品名更响亮的年代，我倒非常怀念以前的岁月。

　　多年后，我意识到，冰心先生也送给了我一盏小橘灯，这盏灯是从我第一次读了《小橘灯》时，她就送给我的。这完全是无意识的，直到有一天，我蓦然明白，这盏温暖的、散发着爱和真的小橘灯，已经在我内心照耀了多少年。在我人生低落时、在我创作迷茫时，这盏灯给我方向、给我温暖、给我抚慰。心头有了这盏灯，我走过了一段段苦难历程，经过了内心麻木至死又复活的历练。在我人生最绝望的那些日子里，冰心先生送给我的这盏灯以及文学给我带来的力量，让我走出困惑迷茫。

　　对于一个真正意义上的作家，一方面，他注定是痛苦的、憋闷的、委屈的、自怜自恋的；另一方面，他注定又是快乐的、温和的、恋天恋地的、恋这个世界的。这个相互对立的矛盾体是与他身体、内心、思想处在极度敏感的状态分不开的。很多时候，他能感受到天空大地被严寒撕裂的疼痛，看到尘世上越来越多的人伤痕累累的内心，以及漂泊着的如云缕般破碎的心灵。这些伤痛愈来愈多地累积。他急需要用读书和写作来解除心中的块垒，自我疗治救赎痛苦的心灵，这样他的文字也救赎了世人。每当这时，冰心先生的那盏灯和文学产生的那股温暖的力量，就会更加强烈。

第八届冰心散文奖揭晓，我的散文获了奖，这是一种肯定，它带给我新的自信。但接下来，我还得继续跋涉，因为我认定了文学这条路，注定要在文学创作的世界里去求得生命的意义，用自己的文字洞开和这个世界的联系通道。这是关于天空、大地、河流的发现和追问，也是事关过去、现在、未来的发现和追问。此时此刻，我眼前浮现出《小橘灯》、浮现出小女孩，浮现出冰心先生在灯光映照下那慈母般的面容。对我来说，那盏小橘灯是永远的，冰心先生也是永远的！

永远的柳青

三十多年前，作家柳青的长篇小说《创业史》曾经像一把文学的火炬点燃了我的作家梦，我至今还清楚地记得我在土屋昏黄的十五瓦灯泡下，或在晚上停电以后点起的煤油灯微弱的亮光下，如饥似渴地阅读这本小说时的情景。那时候，家里经济非常拮据，曾经一直支持我夜间读书的爹是一分钱都要节省的。没有办法，我就去队上土圆仓，靠着那扇被风雨侵蚀得像狼脸的木门，借着那盏同样昏黄的十五瓦灯泡的亮光阅读，但让我无奈的是，有一个外号叫"蔫骚"的伙伴，用弹弓没有打中麻雀，反而打碎了这盏灯泡。家门红脸叔叔见我的样儿，很是心疼，就将我叫到饲养室，让我借着队上的电灯光或者煤油灯光读书。我坐着读，累了躺下读，灯光将我和叔叔的身影摇曳在粗糙的布满麦草片的泥墙上。

应该说，《创业史》是我最早的文学读物之一，柳青的文字建构的世界，就是我身处的世界，当我读到梁生宝买稻种那一章，我全身心进入春雨霏霏的渭河畔，看不见叔叔正惊讶于我读书的痴呆情境，看不见满槽的牛驴将所有的目光都聚集到我这里来，全然陷入读书的兴奋中。要不是不慎将煤油灯碰翻，突如其来的黑暗让我回过神来，我会一直读到深夜或者天快亮。叔叔说，我一读书似乎就成了呆子，油缸倒了都不会扶。我就将书中的内容念给叔叔听，同样的，不识字的叔叔也听着听着就呆了，然后猛然回神，说，这书里面说的话都是庄稼人说的话，写这书的人真日能，咋能知道咱们庄子里的事情。我就说，写书的人叫柳青。叔叔问是哪搭人，我说不知道。后来，我就接着念，念到书中的人物冯有万唱"老了老了都老了，十八年老了王宝钏"戏文时，叔叔也就激动得唱起秦腔来。

在反复读了多遍《创业史》后，我就在课余时间斗胆写书了，我给自己的第一部长篇小说命名为《夜雨滔滔》，是写农村买卖婚姻给男女青年的爱情带来的悲剧，但里面的男主人公是仿照柳青笔下的拴拴写的，只不过没有受其父"直杠王二"教唆打媳妇素芳的那一面，书里面的老人纯粹就是梁生宝父亲梁三老汉的仿写。这部手稿写了十多万字，没有突破二十万字，不是因为懂得浓缩，而是将话写完了，再也没有可以写的话了。这让我很沮丧，因为柳青的《创业史》第一部就三十多万字。我不甘心，发誓一定要写出像《创业史》那样厚的书来，尤其当《夜雨滔滔》得到几位同学的惊讶和赞美后，我的情绪大涨，用现在的话来说是发飙了。我重新开始第二部叫《秦川悲欢》的长篇小说创作。那时候，我不知道写稿子要写在方格的稿子上面，一块钱买了多张当时宝鸡新秦造纸厂生产的白纸，用剩下的一分钱买了一颗水果糖噙在嘴里，喜滋滋地一连订了6个大本子，在每个本子上用毛笔写上书名。然后，我就在第一个本子上的第一页列出要写的人物表，然后，写了引子，紧接着第一章《父子》就开始写了。有趣的是，书中的老父亲仍然是边看梁三老汉边写的，书中的主人公男青年是一个业余作家，是写自己的，但很多方面，包括性格说话是边看梁生宝边写的。区憨良仍然是《夜雨滔滔》里面男主人公的翻版，书中的姣娥全是我想象下的产物，基本上就是柳青的《创业史》里面生宝妹子和改霞性格的拼凑，只不过姣娥的形象过于腼腆。说实话，那时候，对于爱情，我只有一个空洞概念，没有实质性的体验，很多方面借鉴了梁生宝和改霞那种具有浓厚时代特色的爱情。

《秦川悲欢》是在两年后完成的，全书超过了三十万字，如果印成书可以跟《创业史》一样厚了，但我没有敢拿出来让大家看了，因为，我从写作中越来越悟出，我写出来的这些东西充其量说是习作就已经很不错了。这时候，我开始知道，要成为一个作家，仅学习前辈大师的语言是不够的，应该继承前辈作家的思想精髓。多年后，当我在宝鸡的一个寓所里再一次重读柳青《创业史》的时候，正值后半夜，我恍然听到有一个声音在说："离我远一点"。我出了一身冷汗，看看书，里面的文字依旧，打开窗子，看见冬月如霜的亮光。就在那一夜后，我将阅读的视野转向到中国古典文学和外国文学上面，尤其对外国文学名著情有独钟。后来阅读越来越广泛，哲学、历史、理论都成了我阅读的范围。我一边阅读一边写作，写诗写了多年，写了五六十篇中短篇小说习作，写了很多散文随笔，但现在看来，这些都不是真正意义上的创作，包括发表了的那些东西。

又是多年过去了，当我站在领奖台，以一部前后历经二十多年得以完成的中篇小说《映山红》获得柳青文学奖的时候，我的脑海里浮现出柳青先生清瘦的面容。我恍然明白，我虽然远离了柳青的作品，但从来没有远离过他的精神感召和哺育，他是大师，对我来说是永远的。

从《信任》到《白鹿原》

多年前，当我第一次读陈忠实老师的短篇小说《信任》时，一下子就被作品中散发着的浓郁的关中乡土味道和地道的关中语言所吸引。记得当时我是在地头的杨树阴凉下读这篇小说的，竟然忘记了回家吃午饭，连父亲在村头一边跺脚骂我，一边扯长老腔叫喊我的声音也没有听到，妹妹找见我，悄悄在我后面，见我这么入神，也就跟着我看起来，这倒好，我读完了妹妹仍在读，全然忘记了她是来叫我回家吃午饭这件事。此篇小说作为新时期文学的发轫之作，获得全国短篇小说奖。从此，陈忠实的名字就被我牢牢记住了。在铁路上工作的大哥，知道我喜爱文学，回家探亲时特意给我买了《十月》《延河》《小说月报》《河北文学》等刊物，我很高兴在《延河》上又看到了陈忠实老师的名字。那期《延河》文学月刊推出"陕西中青年作家专号"，陈忠实的短篇小说《尤代表轶事》入列其中，小说的乡音乡情让我倍感亲切，尤其是小说主人公尤代表在台上呼口号时掉裤子的细节让我忍俊不禁。那时候，陈老师还年轻，简介上配的照片英气勃勃，跟他写的小说一样自信而强劲。后来又读了他的小说《初夏》《梆子老太》《鬼秧子乐》，中篇小说《四妹子》《蓝袍先生》，报告文学《渭北高原，关于一个人的记忆》等一大批作品，毫无疑问，我已经不知不觉中成为他的一名忠实的读者，并不断接受他作品对我的启发和熏陶。

一个杰出作家的产生，是与他文学的故乡地理、情感地理、精神地理密不可分的。陈忠实创作进入高峰状态，恰好印证了这些。

1993年，陈忠实的《白鹿原》让我着迷，那种来自情感和精神的震撼是前所未有的。如果说柳青的《创业史》让我领略了小说全景式和地域性建构的巨大魅力，路遥的《平凡的世界》让我领略了人类的情感，尤其是爱的伟大力量，那么陈忠实的《白鹿原》让我真正领略了文学的史诗性的瑰丽和文学在传统和现代意义上的神奇结合，以及由此产生的文学史学意义和崭新的审美快感。

记得第一次读《白鹿原》这本小说，我几乎忘乎所以，全身心沉浸在小说的世界中。小说里呈现的完全陌生的世界和被岁月所遮蔽的事态人心的隐秘，将小说的品格提升到一个让我敬仰的境地。我刚读完，很快就被朋友借走了，朋友读完，又很快让朋友的朋友借走了，书回不来了，我又买第二本、第三本、第四本，到买第五本书时，我发誓坚决不再借出去了，就连喜欢读陈老师小说的妹妹，我也是只给了她两天阅读时间，时间一到，亲自去妹妹家取回小说，唯恐书又从妹妹这里传出去回不来。至今妹妹还经常说我这个碎哥太爱书了，将书看得和命一样金贵。这本书后来因为我终究经不住朋友的再三恳求，还是借出去了，九年后终于回到我的书架，但已经面目全非了，书的封面、封底和后面的书页已经不齐全，封面和封底由牛皮纸替代。在此期间，宝鸡新华书店的陈经理得知我的情结，将他书架上一本1993年版《白鹿原》送给我，但从我阅读时发现的别字和掉句子现象，很快我就确定这是个盗版本。

我成为陕西省作家协会签约作家后，有幸和陈忠实老师在一些场合见面，便产生想求一本初版《白鹿原》的愿望，但每次话到嘴边，又说不出来，想陈老师那么忙，唯恐给他添乱。后来还是抵不住那本书的诱惑，想来想去，我用短信形式表达了我的这个愿望，并且简要说明了关于这本书的经历。没有想到，陈忠实老师几天后给我打来电话，约我在长安南路西安石油大学家属院内他的工作室相见。次日，我找到了他的办公室，陈老师早已经将给我签名的1993年版《白鹿原》准备好放在书房。陈老师的书房，除了写毛笔字的房间稍微整洁一些外，其他房间，包括客厅，书报刊高过头顶，就连沙发上也堆满书。陈老师给我泡了一杯茶，端放到茶几上，然后用手将沙发上的书挪开一些，腾出一个位置让我坐下，他坐在我的对面，然后就问及我的工作生活和创作。陈老师用他那浓厚的老陕话告诫我，稳稳地来，甭着急，要干大活，要咥实活，咥冷活，放屁要放响，甭今天在这个报上发一缕缕，明天在另外一个报上发一小片片，少跟会，沉下心来写出大作品。临走时，我将我新出版的中短篇小说集子《映山红》送了他一本。过了一段时间，没有想到陈老师百忙之中又抽出时间给我打来电话，对我的作品给予了充分肯定，并提出后面创作要克服的问题。这些年，每到节假日，我都会给陈老师用短信发去问候，有时候陈老师会打电话来共贺，后来才知道他一般不善于操作短信。想起这些，心里时常会涌起温暖的感觉。

不问收获，只问耕耘。这是陈老师文学创作的座右铭，对今天的每一个文学创作者仍然有着莫大的意义。

陈忠实老师走了，给我们留下了巨著《白鹿原》，更留下了他的文学精神，他给日渐式微的文学境地里又吹进了强劲的风，让我们真切地体味了文学依然神圣的精神力量。最近，捧着陈老师送给我的《白鹿原》，我又一次沉浸在阅读带来的快感和新的发现带来的兴奋中。这一次阅读，我更深地体会了这部书引言中引用的巴尔扎克的"小说被认为是一个民族的秘史"的含义，白嘉轩的秘史，鹿子霖的秘史，白鹿村的秘史，那么多的秘史，就是一个民族的秘史和心灵史。只要民族精神不出现断裂层，我们和后来人的精神也就不会出现断裂层，也就会不断强化我们的意志力和凝聚力。我想，对于陕西作家来说，对陈忠实老师最好的怀念，也许是重读《白鹿原》，更好地学习陈老师对文学事业的神圣的追求精神，扎根生活，为人民而创作，写出无愧于时代的好作品。

写给诗人赵源

没有见到你，好久好久了。

我所拥有的日子，蓦然间褪掉了几许色彩，常自觉与不自觉地让目光在街头巡视，更生出淡淡的空落。城市的白天很有秩序，日子不紧不慢，你会倏然兀立在我的视线里，一定神，原来是一个幻觉。

想起你，我就想起邮局的油墨香和糨糊味，想起你静坐写字台前，成一尊求索的塑像。只不过你是运动着的，动与静在这里嬗变。我能看得见，你身体的四周氤氲着一圈诗的灵气，你因此全身透亮而圣洁。所有这些，你是不得而知的。

也许有某种契机，我每次进邮局，会不自觉地扫视那一个空间，你像一个绿色的邮筒，准确无误地升华那一片风景。我的目光就湿漉漉的，全身心荡过诗的激情。我曾多次想走进你，与你的灵魂对话，但一次又一次我在莫名其妙的怯意中退却。

直到有一次，我又去邮局寄稿件，坐在你的对面。你写着写着，目光就扫了过来，那是一道只有儿童才有的清澄目光，再透过你白色的眼镜，直直地投入我灵魂的深处，那一瞬，我仿佛定格了。

你也写诗？你问。

我说是的，并诧异你一眼能看出来。

没有介绍，你就让诗的氛围将我也笼罩，你谈起了泰戈尔，但谈得更多的是诗的生存空间。你说诗是灵魂的影子，走进诗神，要迈过一道门槛，只有对诗神虔诚，灵魂才能游进这道门。我静静地读着你眼镜片上梦幻般的光亮，灵魂漫游在诗神的门槛外，那是一道彩虹般的栏栅，有一种看不见的力让我游不进去。

你走进去了。我看得清清楚楚。

我生出一种异常的缺憾。

等我重新让意识落回原处，已见邮局内人数寥寥。外面下雨了，是蒙蒙细雨，雨丝细细的，自然又均匀。春天来了，雨声也带着一种柔情。你终止了谈话，双唇就缄默了，你走出邮电局门口，让雨丝在全身沐浴。街道上空荡荡的，我生出一种孤独。

我呆呆地站立了许久，心想，也许是我只能做你的听众，而让你产生孤独，也许，我的不善言辞让你感到寂寞。望着你渐渐消失的背影，我想你是一位孤寂的诗人，纯粹的诗人。

作家的自信

　　我常常想，对于一个作家而言，他的重要作品的诞生，都要建立在强大的内心力量和自信中。这是因为，他所面对的作品世界是充满陌生和不可知的，他是用文字在创造文学世界，他笔下的文字在组合中瞬间完成一朵云在天空的飞移，一只鸟在天空的鸣叫，一片叶子在树上的歌唱，一条鱼在水里的游动。但在心灵里滋养的文字还未来到笔下，他是迷惘的，如同在无人罕迹的原始旷野去寻找一条路，一条从一开始就认定走到底的路，他是孤独的，没有人帮得了他，他的对手是自己，他是在跟自己战斗，越战越勇。他的状态就像是一位提着单管猎枪的猎人，在一座山的制高点上，长时间瞄准一个地方，也许前方根本不会出现猎物，他却认定会有。他又像塞万提斯笔下的唐吉诃德，在跟外部世界看不见的风车在战斗。是什么力量让作家能不忘初心，在无为中实现有为，在无意义中产生有意义，取决于一种来自生命和心灵中的自信，实质上是种坚定不移的文化自信。

　　文字的自身是自信的，尤其是汉语文字，它不仅对物的表征象形而且神似，它站立在那里，就是自信，就是存在的自信。作家的工作就是同文字打交道，文字让他具有了基本的自信，这种源于文字本身的自信，是文化状态的，是我们祖先的自信认知，自信创造，自信产生的极致性智慧，以及对宇宙万物的解读。文字在时间的层面上是飞行的，不管它是刻在石头上，刻在骨头上，刻在竹片上，还是写在布帛上或者纸上，抑或是闪在电脑和手机屏幕上，他仍然是飞行着的，它从数千年前，飞越时间的隧道，到现在，让我们像忘记自己的手脚存在一样，忘记文字的存在，这其实是文字已经成为一个无处不在的存在，像阳光、月光、空气，它的自信是存在于天地间的。所以说汉字的自信是作家获得文化自信的基础和传承。

就拿我自己的创作来说，多年来正是因为文化自信，才一步一步坚持了下来。《映山红》的创作，前后历经多年，在长时间的孕育中，像长途跋涉，进入一个对我来说既陌生又向往的境地，每一步行走都那样艰难，是作品中主人公人性中爱的精神向度，让我实现了一次又一次突围，是父亲一样雄浑壮美的秦岭山给了我自信，我最终完成了这部对我来说具有重大意义的作品。《映山红》这部作品的人文情怀包含了诸多宝鸡的文化元素，小说的地理、小说的语言特色、小说中人物的外在和内在的气质都渗透进宝鸡的文化元素。这部作品问世后，先后获得"全球华语文学小说二等奖""第三届柳青文学奖""宝鸡市文艺大奖作品一等奖"，还入围了第五届鲁迅文学奖。而我的另两部作品《火晶柿子》与《飞翔的火鸟》更是宝鸡文化元素的传承和形象诠释，古老的雍河，软枣树，火晶柿子树，以及仰韶文化的遗迹———窑洞、涝池、饲养室、西府曲子、西府歌谣，全部进入到我的作品中，尤其是宝鸡周秦文化的滋养，奔流在作品主人公的血液里和灵魂里。也就是说，宝鸡文化特有的自信带给我强大的自信。自信是累积而具有爆发性和飞跃性的，我在一次又一次取得成绩的自信中一路走来，宝鸡文化的自信深植在我的呼吸中、心灵中、日常中。我之所以能在创作中取得收获，是与自信密不可分的，反过来说，如果没有这种深刻无比的文化自信，那就什么也谈不到了。

这些年，我看到有些文学作品呈现出极度贫血和缺钙的现象，换句话说，就是缺乏纯真的情感审美和精神向度，有些作品偏离了核心价值观的坐标，作品中充满消极感、浮躁气、消费主义、颓废主义倾向，消解了文学的庄严性和神圣性，缺失了对汉语言文字的敬畏，究其原因，是因为缺失了文化自信。所以，牢固树立社会主义核心价值观，强化我们的文化自信，对文学艺术工作者来说至关重要。

读书的妙处

　　读书是一辈子的事情，记不得这是哪位名人说的，我是越来越体会出这句话的含义了，除了吃饭，我必不可少的就是读书了。

　　我的读书是从幼年开始的，我还没有上学的时候，大哥不知道从哪里找来小人书（我们这里叫画本），一边给我逐页讲，一边耐心地读那些图画下面的文字，我至今念念不忘的《水浒传》与《岳飞传》，都是大哥那时候教给我的。有一次，大哥在我家当院的椿树下让我自己逐页说《岳飞传》的故事，我可能对那些画本人物熟记于心的原因，得到了大哥的赞赏，大哥一边用手在我的头上温存地抚摩，一边对正在厨房做饭的娘说，老三的记性真好。娘给我和大哥端来午饭，放在椿树下的那块石头上，用蓝色的布遮腰擦擦手，眼里闪过慈爱的神采，对我说，林娃子，好好念，将来做先生，吃轻省饭。大哥则是将他碗里的苜蓿菜多大半拨到我的碗里，算是对我的奖赏。

　　这是我最初对读书好处的体验。接下来，我发现每当我拿起画本仔细地看，连脾气火暴的爹也都不会因为我的顽劣而收拾我了，爹一下子就变成了另外一个人，走过我跟前也几乎是屏声敛气。发现了这一点，我真是少挨了不少打。每当我将自家的鸡娃在抽屉装进捉出结果被夹死，或者在自己家玉米秆搭起的柴禾里面烤从地里偷来的红薯结果引发火灾，烧卷我头发和眉毛，面对将要面临的皮肉受苦，我最有效的办法就是赶紧认真看书，这比我逃跑的效果要好得多。爹尽管气得额头上的青筋突起，但见我认真读书的样子，最多骂一句作罢。

到我上学时，我已经对文字有了与生俱来的敏感和兴趣，我成了我们班上唯一能讲故事的学生，我因为爱看小人书，识的字让老师和同学们刮目，班上的同学将我跟进跟出，不惜从家里拿出自己珍贵的馍馍让我吃，目的是让我能给他们讲画本里面的故事，或者能将书借给他们看。

那时候，除了简单的课本，以及少许的画本，书真的是少得可怜。为了能让同学们始终围着我转，为了能吃上那个年代珍贵的馍馍，我到处搜寻书。有一次，我爬上自家的竹楼上，意外地发现了大哥上学时用过的课本，我学会了《东郭先生和狼》，以及《乌鸦喝水》《小马过河》《公鸡和狗》，还有后来才知道作者是法国大文豪都德的《最后一课》。可以说，这些故事让我的童年得到了许多物质上和精神上的好处。"公鸡公鸡真漂亮，大红冠子绿尾巴，油亮脖子金黄脚，人人见了人人夸，你到窗口瞧一瞧，撒了一地黑芝麻，你到窗口瞧一瞧，撒了一地黑芝麻。"这则名为《公鸡和狗》的歌谣，更是时常挂在我和伙伴的嘴上。

渐渐地，我长大了，我突然发现，书对我来说，已成了如影相随的伙伴，我不知道，每当我手头没有新书读，我为什么魂不守舍，我不知道，每当我成晌成晌地钻进新华书店，我为什么就忘记了其他的一切。我为了读书，几乎知道了我们村和邻村所有有书的人家，而为了能读到这些书，我的嘴变得异常乖巧，手脚变得异常勤快，我甚至从我家油笼里寻找出爹和娘积攒的，将来给妹妹和未来的嫂子打银手镯子的几块响圆，偷偷地用每块响圆在邻村银匠那里换两元钱，再用这些钱买了心爱的图书，害得我二哥成了爹和家人最大的怀疑对象，挨了爹的一顿好打。多年后，当我将事情的真相告诉二哥，二哥不但没有埋怨我，反倒说，哥替你挨的那顿打没有啥，很值得的，你不要记在心上了。

后来，我走出故土，行走在许许多多熟悉的陌生的地方，但不管在哪里，一定是有书陪伴的，不管是在旅途中，还是在工作间隙，甚至在上卫生间时，始终有书在手。多年以来，我都是在读书中进入梦乡的，而只要一醒来，第一个下意识的动作就是将枕头边的书拿在手上，似乎是书在延续我的呼吸。就这样，我读了许多中国古代的、现代的、当代的文学作品，同时还读了外国作家的很多作品。可以说，读书让我的生命充满了无比的丰富性，让我对生活的认知一层层提高。到现在，我惊讶地发现，我除了有众多的朋友外，还有书籍这个知心的朋友。尽管我现在已经是一个作家了，但我认为我首先是一个真正的读书人，一个将读书视作生命组成部分的人。虽然说，我也写了一些作品，通过写作体验到了很大的心理愉悦，但远不如读书给我的愉悦多。从这个意义上说，读书已经是我追求的一种境界了。